閱讀理解

（增訂版）

盧羨文／編著

中學中文科增值系列

陳耀南／主編

三聯書店（香港）有限公司

總序

陳耀南

「『感召』？甚麼意思？這個詞，我沒聽過！」

一位最高學府的碩士生、進修中文課程的在職初中女教師，二十多歲吧，在課室門外，向早已離休十多年而回來短期任教的我，這樣申訴。

在「杜詩」、「韓文」科，我請同學們，任選子美、退之作品一首，論述一下對讀者 (特別是自己) 的感召。

「對呀」，另一位三四十歲的男同學，表現得年資與學養都更為老到地說，「這個詞好像只有在宗教場合才用到。」「那是『宣召』，你大概去過一些佈道會，牧師在最後所作。如果大家多看一些不那麼低俗的中文書報，就會多見到『感召』這個詞語，並非不常使用。」

沉着氣，對他們兩位說。

孫中山先生的功業、言論，對作為師弟師妹的港大醫科生的感召。甘地的道德、人格，對印度人的感召。一位在野外考察中勇救學生而殉職的香港女教師，對市民的感召。等等。等等。

或者只是偶然的，個別的情況吧。希望如此。不過，多年來耳邊早已灌滿「中文程度又更低落了！」「中英文都不好，中文尤其不好！」種種慨歎。

不只一位外來的高等學府領導人，詫異和慨歎他們遇到的大學生，通常甚至只能以「床前明月光」四句，搪塞「引述唐詩」的要求。

研究生、大學生，有些 (希望只是「有些」) 竟也如此，其他可知！

出了甚麼問題？

修辭的營養不良。語文的骨質疏鬆。

普世性的重圖像而輕文字，殖民地教育的遺毒……等等，當也都是原因。不過，關鍵還在教者與學者、作者與讀者、説者與聽者，對中國語文、文學的熟悉與敬愛。

即使高妙的漫畫，在絕大多數情況之下都得配上簡潔雋永的文字吧？即使過去偏差的教育政策值得繼續指責吧，香港回歸，不是已經好些年月了嗎？

是時候奮發自強了！是時候振興語文以振興文化了！

「積學以儲寶，酌理以富才，研閱以窮照，馴致以懌辭」，一千五百年前，大師劉勰在《文心雕龍·神思篇》的警句，對歷代後人，是永遠珍貴的耳提面命。

文本要多看，社會要多觀察，有字沒字的書，都要泛觀博覽。其中有些更須熟讀深思，並且不斷拿他山之石，以比照切磋。這樣「真積力久」，一到興會既來，就能下筆琳瑯、發言暢美了。

最重要還是在中學時期。從十一、二歲到十八、九歲，是每個人一生學習能力最高、身心發展最快的階段。這個時期，更要讀得多、想得深，見得廣，寫與講都鍛煉得夠。

三聯編刊這套書籍，是極好的輔導讀物。《閱讀理解》，幫助我們多讀多想；《文言語譯》，幫助我們承接祖先文化遺產而發揚光大，吸收前人的語言營養而精雅優美；《修辭助讀》積極地豐富了我們的藝巧；《語病會診》則從另一方面減除了我們的語文疵累。循此而「博學之、審問之、慎思之、明辨之」，到水到渠成的、寫作與講論方面的「篤行之」，那麼，就如要「化學究為秀才」的王安石所借杜詩以勉勵、自勉：「讀書破萬卷，下筆如有神」了！

前言

對於接受了十多年基礎教育的中學生而言，不論是就業還是繼續深造，閱讀理解都是基本的技能。本書主要介紹閱讀理解的基本方法，意在為中學生進一步提高閱讀理解能力提供點有益的幫助。隨着資訊科技技術的發展，閱讀，不僅限於印刷讀物，音像、圖畫、視頻、網絡等都成為閱讀的對象或管道，但閱讀的目的和基本方法不會因為對象或管道變化而改變。相反，正由於閱讀的對象或管道的變化，對人們的閱讀能力要求更高，比如掌握更多的閱讀策略、養成良好的閱讀習慣等，這些都離不開最基本的方法。所以，當三聯書店有意修訂再版本書時，欣然應允，並對全書重新修改，更換了部分內容，對個別字詞加以勘誤，希望繼續為中學生提高基本閱讀理解技能盡一份綿力。

本書所引用的例文，編者已盡可能列明原作者，但有的作者姓名依然找不着。不管是否列上，本人都對例文作者衷心感謝！

編者

二〇一三年三月二十日

目錄

引子

三　主要文體的閱讀理解技巧

四　近年香港中學公開考試中文科閱讀理解試題抽樣略析

引子

「半畝方塘一鑑開，天光雲影共徘徊。問渠那得清如許，為有源頭活水來。」「讀書破萬卷，下筆如有神。」「胸藏萬匯憑吞吐，筆有千鈞任歙張。」這些流傳千古、膾炙人口的詩句，都告訴人們：開卷有益。確實，人類文明經五千多年發展到今天，閱讀已經成為一種最基本的生存手段了，因為現代人是站在先輩的肩膀上來認識自己存活的這個世界的。我們不可能像先人一樣，從茹毛飲血、刀耕火種開始我們對世界的認識。我們完全可以把先輩經驗過的一切作為我們對世界認識的起點。要想獲取先人的經驗和體會，最直接，也是不可或缺的途徑便是閱讀。

那麼，是不是認得字就一定會閱讀呢？未必。經常聽到有人說：看不懂，不知道說甚麼。這並不是說不認識那上面的字，而是不明白那些字寫在上面是甚麼意思。

閱讀，辭書上解釋為看書看報並且領會其內容。這裏有兩層意思：首先是看，這只要是受過教育或識字的人，一般都做得到；其次是領會，也就是說，懂得所讀書報講的是甚麼內容。光會看而不明白其意思，等於沒看，那不叫閱讀。

閱讀作為現代人獲取知識、認識社會和人生的一種重要手段，自然有着其自身的規律與方法。熟習並應用這些規律與方法，便可以很輕鬆地掌握閱讀理解的技巧；而一旦掌握了它，無疑是抓住了開啟知識寶庫的鑰匙，攀登知識高峰的枴棍。

以下，讓我們用具體實例一一揭示這些規律和方法。

一

閱讀理解的基本方式

一覽無遺求全貌——
瀏覽式閱讀

萬事開頭難，幹甚麼事情都有一個怎麼開始的問題。當同學拿到一篇文章、一本書的時候，首先應該怎麼辦？如果那是一本書，你應該先翻開目錄，把目錄從頭到尾看一遍，然後讀序或小引，有可能的話，再看一遍跋或後記。這樣，可對這本書有個大概的了解。如果那是一篇文章，你就用最快的速度將文章從頭到尾大略的看一遍。這種方式，一般稱為瀏覽式閱讀。瀏覽式閱讀的目的，是對全文有個大體的了解，知道其主要內容是甚麼。現在，試瀏覽下面的文章：

例文

抓住了衛星

1 　　三名航天員 13 日晚間冒險進入太空的真空中，戴着手套抓住了一顆失控的衛星。

2 　　這麼多的航天員一起進入太空，這是第一次。人徒手抓住在軌道上運行的衛星，這也是第一次。以前歷次拯救工作，以及過去執行這種任務的嘗試，主要使用了某種特製的器具。

3 　　13 日下午 7 點 59 分，航天飛機「奮進」號的三名航天員，在地球上空大約 230 英里的高度浮游，抓住了這顆轉着的、4.5 噸重、17 英尺長的衛星，使它停止旋轉，靜止了約一分鐘。這時，晃盪的燃料不再晃了。他們把衛星移進了航天飛機的有效載荷艙，給衛星安裝一台發動機，以便隨後使衛星進入它的適當的軌道。

4 　　航天飛機的機長、海軍上校丹尼爾·布蘭登斯坦通過無線電話對地面說：「休斯敦，我想，我們抓住了一顆衛星。」這時，休斯敦約翰遜航天中心的控制室裏爆發了鼓掌和歡呼聲。

5　　「奮進」號首次飛行第七天的太空行走，是試圖抓住這顆造價 1.5 億美元衛星的最後一次奮鬥，這顆衛星在一條不起作用的低軌道上已經冷落了兩年。星期日（10 日）和星期一（11 日），兩名航天員未能抓住這顆衛星，每次都由其中一人使用一種笨重的金屬棒。

6　　航天專家們說這個動手抓的方案是大膽而又有危險的。保護航天員們的手不被衛星的金屬蹭傷，不因太空的酷熱和嚴寒致傷的唯一東西是五層薄纖維製成的手套。

7　　國家航天局過去拯救失控的衛星沒有失敗過，所以機組人員和航天局受到的壓力越來越大。今天是第三次，也就是最後一次嘗試。由於「奮進」號的燃料儲量減少，不可能同這顆衛星進行第四次會合的嘗試。

8　　航天員們星期二建議破例動用三名機組人員，飛行控制中心批准了。三名航天員在有效載荷艙上面用帶子固定自己，每人的位置各間隔 120 度，在來臨的衛星的邊緣周圍。選擇這樣的位置，是為了形成盡可能穩定的特別佈置，形如一座三角架。

9　　在衛星靜止不動後，航天員們插上了笨重的控制棒，隨後，衛星由航天飛機的 50 英尺長的機械臂抓住。機械臂把衛星放置在一台發動機上面。按預定計劃，發動機將把這顆通信衛星推到地球上空約 22,300 英里的適當軌道。

10　　122 個國家參加的國際電信衛星組織（它擁有這顆衛星）的總經理歐文·戈爾茨坦說：「我認為，我們看到了國家航天局的幾位非常勇敢的人所做的令人難以置信的工作。我確實很激動。」

（節錄自 1992 年 5 月 18 日《參考消息》）

同學用最快的速度將全文從頭到尾看一遍，大概知道了這麼一些內容：

- 三名航天員在太空抓住了一顆衛星；

- 這麼多的航天員徒手抓住了運行中的衛星，這是第一次；

- 在此之前航天員的器械抓衛星的努力都失敗了；

- 被抓住的衛星將用發動機推到適當的軌道上。

抓住了這四點，你對這篇文章的內容已經大體清楚了。

瀏覽式閱讀僅是閱讀的初步，其特點包括：

一是快，可令讀者在最短時間內了解所讀材料的基本內容；

二是全，因為讀過全文，對文章的整體有了印象；

三是粗，由於閱讀速度快、過程短，因而對文章的了解是粗略的，不能掌握細節。

② 管中窺豹見一斑——略讀式閱讀

對大多數人來說，閱讀往往帶明確的目的，都是為了某種原因而閱讀。怎樣才能用最短的時間獲得需要的知識呢？在已具備一定閱讀基礎的前提下，可採用略讀式的閱讀方法。略讀就是省略一些不必馬上讀的內容，用跳讀法閱讀，一般的方法是讀頭讀尾讀中間。試看看下面的文章：

例文

時裝是個叛徒
馬克・張

1　　時間因素對服裝來說是至關重要的。不同的年代，不同的季節，款式都不一樣。所謂「時裝」，就是指能適應時代潮流和時令季節的服裝。

2　　以男性時裝為例，在中世紀早期的西方，矯揉造作風氣甚盛，使精美考究的男服極為普遍。中世紀末，英國服裝荒唐得難以區分男女，流行緊身衣、戴耳環、花邊綢領、絲絨、用寶石裝飾鞋子……法國大革命使人民擁有權力。由於平民痛恨貴族，華麗的衣着會使貴族身份暴露無遺而招致災禍，於是，貴族們開始改換樸素服裝。漸漸，那些緊身服之類留給家中的太太，代之以深色的現代服裝。當男裝趨於標準化後，每年款式便沒有太大差異了。

3　　中國人的服裝，近百年來也發生很大變化。從以前長衫馬褂到四袋唐裝，到以後的列寧裝、中山裝、軍幹裝到今天豐富多彩的各式時裝，無不打上時代的烙印。

4　　促使時裝變化的因素很多，除時代變遷、社會心理之外，科技發展也有關係。當年拉鏈問世時，有人感到微不足道，可正是它引起服裝材料的革新，打破以往服裝開口處用紐扣的傳統，構成新配件，豐富了服裝造型。

5　　　時裝，關鍵在一個「新」字：新的款式、新的色彩、新的風格，反映出新的時代。它不是甚麼人蓄意提倡或禁止的。羅伯特·路威説過：「時裝是個叛徒，從來不知道甚麼定律。」只要合乎潮流，穿上得體，朋友，你大膽地穿吧。

這篇文章的題目很吸引，人們對作者標新立異的觀點感到興趣，時裝怎麼會成為叛徒？

文章的第 1 段首先説明時間對時裝的重要性。

第 2、3 段都是舉例説明第 1 段的，看過第一句便可以跳過去不讀，直接讀最後一段。

最後一段直接點題，説明時裝是沒有定律的，是對已過去的時間的不斷反叛，只要合乎潮流，穿上得體便可。至此，為甚麼説時裝是個叛徒的懸念已經解開，你所要知道的內容已經獲得。

從上例可知，略讀式閱讀的特點，首先也是快；其次是可以直接獲知結論；三是不完整。中間有些段落、語句是沒有讀過的，對得出文章結論的過程並不了解。因而，略讀式閱讀要在瀏覽式閱讀的基礎上使用，甚至要與其他閱讀方法相結合，才可收到好的效果。

略讀式閱讀與瀏覽式閱讀最大的區別是：前者有選擇地跳讀，後者要求全讀。

③ 細嚼慢咽意必得——精讀式閱讀

閱讀最主要的目的是使自己有所收穫，通過所讀材料獲取知識、了解事物，從而增長才幹。比如教科書，是根據人們認識事物的規律和需要而編印的，是我們求學的主要工具。教師憑藉教科書授課，學生課後按照教科書的要求做作業、溫習，教科書也是考試的依據。因而，我們對教科書就不可能只求大概知道，而是要認真鑽研、細心分析、徹底領會。要達到這個目的，便要採用精讀式閱讀方法。這一方法要求細緻、全面地閱讀全文，清楚分析、把握文章的結構和主題，了解表達主題的細節和方法。試細閱以下文章：

例文

大足石刻
宋朗秋　李代才

1　　大足石刻是重慶市大足縣內一百零二處摩崖造像的總稱。其中七十五處列為各級文物保護單位，國家級有寶頂山、北山、南山、石門山、石篆山；市級有尖山子、妙高山、舒成岩、千佛岩；縣級有峰山寺等六十六處。造像一千零三十龕（窟），約五萬餘尊。內容以佛教為主，道教次之，餘為佛道合一、佛道儒三教合一、歷史人物、供養人（又名功德主）等造像；碑文、頌偈、題記十萬餘字；雕刻類別主要是高、淺浮雕，少數圓雕，極個別陰線刻。

2　　大足石刻始於初唐，興於晚唐、五代，盛於兩宋，餘緒延於明、清、民國，經六個朝代，約一千三百年。形成兩個造像高潮、兩個中心地帶（一是晚唐五代的北山造像；一是宋代的寶頂山造像），學術上可分四個時期（唐前、後期，前、後蜀期，北宋、南宋期，明、清、民國期）。開創了中國宗教石刻藝術的一個時代——「大足石刻時代」（雕塑大師劉開渠語）。

③　　大足石刻之崛起，有其外部條件和內部因素。「安史之亂」後，全國經濟重心南移，巴蜀相對安定，成為經濟繁榮的地區，入宋以後更是如此。經濟的發展為文化、藝術、宗教的發展提供了良好的社會環境。大足地處巴蜀地緣文化交匯之處，其農業、手工業、商業繁榮昌盛，九世紀末至西元一千二百五十年間，大足無大的戰爭，「內如世外桃源，外有戰亂刺激」，人們產生了造像求神保佑的願望。晚唐至宋有當地長官韋君靖、任宗易等的提倡、組織以及外地官員馮揖等捐資造像，有僧人趙智鳳以一代宗師之堅毅營造寶頂山道場，等等，使大足石刻得以延續建造，漸具規模，走向頂峰。

④　　大足石刻是一部古典大百科全書，無論在宗教、文學、藝術、歷史、哲學、科學、建築、民俗等諸多領域，都具有極高的價值。它是佛教文化與中國傳統文化融合的傑作。

⑤　　大足石刻最明顯的特徵，就是宗教的人間化，這種人間化集中反映在中國化、地方化，及儒、佛、道入世與出世思想的交融。

⑥　　神像人化，是造像的外部特徵。我們在大足石刻中見到的菩薩、佛等造像，都能強烈地感受到是巴蜀人的形象反映，增加了一種神人間的親和力。鐫刻者雖然受到宗教儀軌的制約，但是，其造像無不是現實生活的折射。世俗化、生活化、大眾化，使深奧難懂的教義，通過淺顯的圖像表現出來。

⑦　　大足石刻除寶頂山道場為住持僧人募化集資開鑿外，大多數是信眾捐資求神靈保佑而鐫造，並刻像入龕。這樣擠入神龕之歷史人物、供養人（捐資者），在大足石刻中，大約有一千個，這在全國石窟中是罕見的。

⑧　　中國早期石窟及西北、華北、中原地區石窟鐫匠畫師留名甚少，而大足石刻中留名卻多達四十六位（宋代二十八位，明清十八位）。這不僅是研究民間工藝大師的珍貴資料，也豐富了石窟史的內容。工匠留名消除了「古印度的造像都無作者姓名，歸之於仙人所出，神力所為」的迷信，也是人的主體意識增強的佐證。

9　　大足石刻是儒佛道三教合一的不可多得的造像。在造像區域不僅有佛道同處（石門山），也有儒佛道同處（石篆山），甚而有儒佛道同龕（妙高山 2 號）。這是與宋代理學興盛，巴蜀又是理學重要地區並形成蜀學相合拍的。寶頂山大佛灣雖是佛教造像，但一方面講儒家入世思想「孝養」學說，一方面又講佛教的業力果報出世求淨土。「三教合一」是佛教日益中國化之必然歷史趨勢，而大足石刻則是其最突出的最有代表性的典型例證。

10　　大足石刻的造像題材，也充分體現了宗教的人間化的進程。八十七類題材中有：經變；佛、菩薩；明王；天王、護法神；佛教史跡；瑞相圖；道教神系諸神；儒家人物；民間傳說諸神；歷史人物、供養人；神獸、器物、山水等。其中觀音、地藏、西方淨土變、牛王菩薩、七佛、千佛等十三種題材是大足石刻從唐至明、清長盛不衰的。道教、儒家與世俗之神佔造像的近百分之二十，這是其他地區石窟不能比的。三百多尊觀音（共二十多種），佔佛經所提出的種種觀音名諱的三分之二還多。九十二頭水牛的造像，更為別處罕見。從這些題材特點可看出，宗教神化世界乃是人間世界的幻化，也體現了佛教與當地民俗風情、生產勞動和生活的融合。

11　　大足石刻在藝術形式和風格方面，有別於西北和中原的早期石窟。不但體現了中華民族自身的審美意識，更具有巴蜀文化的地域特色，既有雄渾的陽剛之氣，又有世俗情趣的婉約之美。大足石刻是世俗生活的畫卷，是古代社會的縮影。

12　　大足石刻集石窟藝術之大成，題材廣泛，雕刻精湛，保存完好，是我國晚期石窟藝術的代表。新千年到來前夕，大足石刻繼敦煌石窟之後被列入世界文化遺產名錄，這標誌着大足石刻這一藝術明珠為世界所矚目，閃耀着更加燦爛的民族藝術的光輝。

（節錄自巴蜀書社《大足石刻導覽》，題目為編者加。）

我們一起來看看這篇文章各段的重點。

第 1 段： 大足石刻在中國重慶市大足縣境內，是一百零二處摩崖造像的總
稱，其中有七十五處列為文物保護單位；內容以佛教為主，雕刻
主要是浮雕。

第 2 段： 大足石刻起源於初唐，歷經六個朝代，一千三百年，有兩個高潮、
兩個中心地帶，是中國宗教石刻藝術的一個時代。

第 3 段： 大足石刻的崛起有外部條件和內部因素。

第 4 段： 大足石刻在多方面具有極高的價值，是佛教文化和中國傳統文化
融合的傑作。

第 5 段： 大足石刻的特徵是宗教的人間化。

第 6 段： 大足石刻外部特徵是神像人化。

第 7 段： 大足石刻供養人（捐資者）刻像入龕是全國罕見的。

第 8 段： 大足石刻鐫匠畫師留名豐富了石窟史的內容。

第 9 段： 大足石刻有不可多得的儒佛道三教合一造像，是佛教中國化最有
代表性的典型例證。

第 10 段： 大足石刻的造像題材也充分體現宗教人間化的進程，說明了佛教
與當地民俗風情、生產勞動和生活的融合。

第 11 段： 大足石刻不但有中華民族自身的審美意識，還具有巴蜀文化的地
域特色。

第 12 段： 大足石刻集石窟藝術大成，題材廣泛，雕刻精湛，保存完好，是
中國晚期石窟藝術的代表，被列入世界文化遺產名錄。

這十二個方面詳細介紹了大足石刻的地理位置、內容特點、雕刻類別、起源
發展、在中國宗教石刻藝術的地位、形成原因、藝術價值、明顯特徵與地域
特徵，文章重點從外部特徵、供養人（捐資者）刻像入龕、鐫匠畫師留名、
儒佛道三教合一造像、造像題材等五方面說明大足石刻宗教人間化的明顯特
徵。關於這篇文章的結構，將在下面的有關部分加以分析。

通過以上的分析，不難看出，精讀法的特點，第一是全面，它要求全部掌握文章的結構、語言、表現方式和主題。第二是細緻，要求在閱讀中清楚把握文章的細節。第三是準確，要求準確地領會文章的中心；與粗略的瀏覽法、略讀法比較，這一點是突出的。

在採用精讀法時，為更精確、細緻地理解文章，往往利用畫線、標注符號、筆記、寫讀後感等方法輔助閱讀。例如在讀〈大足石刻〉這篇文章時，由於篇幅較長，內容較多，同學可在每一段的重要句子畫上底線，以此表示對每段重點內容的理解和記憶。如第 1 段的「內容以佛教為主」、「雕刻類別主要是……」，第 6 段的「神像人化，是造像的外部特徵」等。

精挑細揀為所用——
選讀式閱讀

當同學面對豐富的閱讀材料，而僅需要其中一部分內容時，最好是採用選讀式閱讀法。選讀必須在瀏覽的基礎上進行。比如文章裏談了好幾個問題，而你只需要了解其中的一兩個，那麼，你先要瀏覽全文，再找出你需要了解的內容，打上符號，然後，採用精讀法，對你需要了解的部分加以分析、研讀，必要時，將有關的內容摘錄下來。如果是一本書，也是先採用瀏覽法，然後，根據目錄，找出你要了解的重點部分來精讀。

選讀的特點，一是專，不受無關因素影響；二是精，精確地掌握所需了解的內容；三是偏，這是相對於全面、整體而言的，在選擇過程中有所忽略，不要求全面掌握閱讀材料，根據閱讀的目的，可偏重於某一方面的內容。

閱讀理解的方法有許多，最基本的是以上四種。在實際的閱讀活動中，各種方法不是截然分開，而是相互結合、互為補充的。

二

閱讀理解入門法

① 循序漸進逐入門——文章的段落和層次

一篇文章，通過詞、句的組織，將作者的意圖表達出來，其中還須借助各種道理、事實去說明，為使文章寫得好，遣詞造句、敘事說理，都須先妥善安排，這就像建樓房一樣，要先有一個框架。這個框架就是文章的結構。

文章最基本的結構是段落與層次。這就好像任何樓房都得有樓梯和樓層一樣。不論是洋洋數十萬字的宏篇巨著，抑或寥寥數十字的短文，只要成篇，便必有段落或層次。

文章的段落

請同學先閱讀下面的文章：

例文

鼓勵的力量
梅桑榆

①　　鼓勵不是不切實際的慫恿，而是在精神上給進取者以自信，給猶豫者以果敢，給彷徨者以決心，給灰心者以希望。一言以蔽之，鼓勵是一種精神上的援助。

②　　鼓勵的作用往往無法估量。越王勾踐兵敗之後，被吳軍圍困於會稽山，他望着身邊僅存的五千餘名殘兵敗將，不禁灰心絕望，喟然長歎說：「難道我的命運就這樣完結了嗎？」大臣文種聞言，對他說：「商湯王曾被拘留於夏台，周文王曾被囚禁於羑里，晉文公重耳曾到赤狄部落中去逃命，齊桓公姜小白曾經逃奔呂國，最後他們都能成王稱霸，陛下何必如此灰心！」文種一番話使勾踐振作起來，他被吳王夫差赦免之後，臥薪嘗膽，發奮圖強，最終滅了吳國。倘若當時文種等人都跟着他長噓短歎，

甚至掩面而泣，勾踐説不定會拔劍自刎，而越國恐怕也要隨之滅亡。

③　　鼓勵的力量，在受鼓勵者處於困境時最易顯現，而於精神之外再加上物質上的援助，就更能使被鼓勵者度過難關，堅定地走向既定的目標，並最終取得成功。徐悲鴻年輕時離開家鄉到上海，以求實現自己的抱負。但由於他一時未謀得職業，付不出旅館費，被旅館老闆扣下行李，趕出大門。徐悲鴻於悲觀失望之際，告別了曾幫他謀職未果的商務印書館的黃警頑，一人悄悄去了黃浦江邊，準備自殺。他正在江邊徘徊時，黃先生尾隨而至，衝到他身後，將他抱住。黃先生勸他不要灰心失望，更不能尋短見，隨後將他帶到商務印書館宿舍同住，並設法為他謀職。黃先生很賞識徐悲鴻的繪畫才能，後來又向湖州絲商黃震之推薦。黃震之十分同情徐悲鴻的遭際，在食宿方面對他精心照顧，為他解除生活上的顧慮。徐悲鴻因此為自己取別號為「黃扶」，從而砥礪發奮，終於成為著名的藝術大師。

④　　一次小小的成功，也是一種鼓勵。這種鼓勵往往能夠決定一個人對某種職業的選擇。一位作家説他之所以走上文學之路，是因為他上中學時，一家市級小報發表了他的一篇短文，並寄給他六角錢的稿費；一位巨富説他之所以從商，是因為他早年曾用父母給他的零花錢買了一些小玩藝，然後賣給一些孩子，輕而易舉地賺了八元錢……

⑤　　鼓勵所產生的力量有時是巨大的，而鼓勵者的付出卻大多是微小的，或許只是寥寥數語，或許只是幾行文字。像文種那樣，幾句話使勾踐從灰心絕望中擺脱出來，立下興國滅敵之志的故事，歷史上畢竟罕聞，但一番鼓勵使某個人從挫折中振奮，並從而在某項事業上取得成功的例子，卻是不勝枚舉。人在處於困境之時，對於一丁點精神上或是物質上的援助，記憶都是深刻的，我們經常會聽到某個成功者在回憶往事時，帶着感激之情慨歎道：「我那時多虧某某的鼓勵（或幫助），否則……」這樣的話足以使當初鼓勵過他的人感到快慰和自豪。

⑥　　既然鼓勵往往可以產生巨大的力量，當親友或熟人遇到困難、遭到挫折時，我們切勿吝嗇自己的言辭。

（節錄自《大公報》2013 年 2 月 4 日 B03 版）

這篇文章有六個段落：

第 1 段：開宗明義說明作者對鼓勵的認識。

第 2 段：用文種鼓勵兵敗的越王勾踐重新振作的例子，論述鼓勵的作用往往無法估量的觀點。

第 3 段：用黃警頑、黃震之鼓勵及幫助徐悲鴻，使徐悲鴻終成為著名藝術大師的例子，說明鼓勵的力量在受鼓勵者處於困境時最易顯現的觀點。

第 4 段：用兩個事例說明成功也屬於鼓勵的觀點。

第 5 段：作者表達了鼓勵者的付出往往很微小，但鼓勵有時會產生巨大的力量，並且受鼓勵者往往很感激的觀點。

第 6 段：作者提出當親友、熟人遇到困難或挫折時，不要吝嗇自己鼓勵的言辭的期望。

這六個段落，分別表達了一個方面的內容（觀點），結合在一起，構成一篇完整的文章。

段落又叫自然段。從上文可見，每個段落開始的第一行，都低兩格，這是段落特有的標誌。當一個意思表達完畢，需要轉而表達另一個意思時，就要另起一個段落。或者，要表述的內容太多，在表述過程中需要停頓，往往也要另起一個段落。又或者，從一個內容轉入另一個內容時，需要過渡，也會另起一個段落。

我們再看看後頁的文章：

例文

勝完可以再勝

[1]　　在報紙的廣告上，不時可以看到這樣的大字：「勝完可以再勝。」不要以為那是一場甚麼大比賽，打了勝仗，替勝利者祝捷。它其實是為一種拔蘭地做宣傳。拔蘭地就是白蘭地，正如荷里活就是好萊塢，譯音不同而已。不過，拔蘭地和白蘭地卻是兩者並存，既不是「拔」家天下，也不是「白」家世界，看到的人都明白實在是二而一，因此這就沒有人出來定於一尊，以「拔」滅「白」或以「白」除「拔」。

[2]　　白蘭地和一勝再勝有甚麼關連呢？應該問，酒和勝利有甚麼關連，不僅白蘭地，任何華洋諸酒都用得上「勝完可以再勝」。

[3]　　「勝」，在廣東話中就是乾杯，叫做「飲勝」，料想是「飲淨」的轉音。從前有些人忌諱多。「書」是最受忌諱的字之一，「書」和「輸」的音相同，不願看書，怕聽書聲，因為要賭錢。和書一樣，乾也是賭者所忌的，那表示輸得精光，因此不能「乾杯」，只能「飲勝」（飲淨），於是「勝」就成了簡化了的乾杯，「勝完可以再勝」就是乾杯之後還可以再乾杯，不妨一乾再乾，是「勸君更進一杯酒」的意思。

[4]　　如果對香港的生活和語言都很陌生的人，碰上這句莫名其妙的話時，也許會「吓」的一聲：「誰不知道勝利了還可以再勝利，還要你來囉嗦些甚麼呢？」那你就難逃「零蛋IQ」之譏了（「零蛋IQ」就是智商等於零。零固然是零，蛋也是零，Q也是零），儘管應該受到訕笑的並不應是你，而是那些「勝」的創造者。

這篇例文有四個段落。

第[1]段：是點題，說明「勝完可以再勝」出於何處，並解釋「拔蘭地」即「白蘭地」。作者的目的是要說明「勝完可以再勝」這句話，因而加入了大段的解釋，內容增加了，語氣拉長了，為了讀起來方便些，雖然意思未表達完，還是需要停頓一下，故而結束了這個段落。

第 ②段：是過渡段。為了使上下文連接更順暢，這段話把「白蘭地」與「一勝再勝」聯繫起來，就像一座橋將兩者連接起來，自然地引出下文。

第 ③段：解釋「勝完可以再勝」的意思。至此，一個意思完整表達。但作者還要從這個內容引申出去，發表自己的見解，不過，這已是另外一個內容了，所以得另起一段，這就是第 ④段。

第 ④段：表達作者對「勝完可以再勝」這句話的不認同態度。

從例文可清楚地看到，段落的作用就是停頓、過渡、轉折。

段落的作用除了上面列出的以外，還有另外一種，就是用於文章的修辭，突出重點。再看看下面一篇文章：

例文

古井

1　　有一類人，像古井。

2　　表面上看起來，是一圈死水，靜靜靜靜的，不管風來不來，它都不起波瀾。路人走過時，都不會多看它一眼。

3　　可是，有一天，你渴了，你站在那兒掏水來喝，這才驚異地發現，那口古井，竟是那麼的深，深不可測；掏上來的水，竟是那麼的清，清可見底；而那井水的味道，甜美得讓你魂兒出竅。

4　　才美不外露，已屬難能可貴；大智若愚，更是難上加難。

5　　世人都迫不及待的把自己所擁有的抖出來讓別人看。肚裏有一分的，說他有兩分；有兩分的呢，說自己有三分；如此類推。

6　　「有麝自然香」已變成了惹人發噱的「天方夜譚」。「無麝放假香」，才是處世真理。

7　　正因為這樣，一旦發現了古井，便好似掘到了金山銀庫，有難以置信

的驚喜——以為它平而淺，實則它深又深。上至天文、下至地理，無所不知、知無不言。你掏了又掏，依然掏之不盡。每回掏出來的話語，都閃着智慧的亮光。你從中得到了寶貴的啟示，你對人生有了更堅定的信念。

8　　這口古井，不肯、也不會居功，它靜靜佇立，看你變化、看你成長。你若有成就，它樂在其中而不形諸於外。

9　　古井，可遇而不可求，一旦遇上，是你的造化。

這篇文章的第 4 段：「才美不外露，已屬難能可貴；大智若愚，更是難上加難。」僅一句話作一個段落。這句話是全文的中心所在，是文章主題的表現，作為一個獨立的段落，讓讀者一目了然，清楚地把握作者表達的思想。

文章的層次

下面一篇文章，全文只有一個段落，裏面卻包含幾層意思。我們來讀讀看：

例文

古代的酒

　　中國古代的酒怎麼樣，現時不容易知道，姑且不談。我們從反面說來，火酒據說是起於元朝，這燒法是從外族傳來的，那麼可知以前有的只是米酒，也是用糯米所做，由陶淵明要多種秫可以知道。唐詩中常有藥酒，那當然也是用黃酒的吧，我們鄉下從前老太太們浸補藥酒便是用老酒，與棗子酒一樣。但是雖說米酒黃酒，卻還不能算是老酒，因為古人喝的都是新酒，陶淵明用葛巾漉酒，固是一例，杜甫也說樽酒家貧只舊醅，這與綠蟻新醅酒可以對照，這綠蟻也即是酒滓，可見自晉至唐情形還是相同。唐時已有葡萄美酒，卻不見通行，一則或因珍貴難得，一則古人大概酒量不大，只喜歡喝點淡薄的新做米酒罷了。在歐洲古代，希臘人喝葡萄酒都和了水，傳說最初做酒的人拿去給牧牛人喝，他們不懂得摻水，喝得醺醺大醉，以為中了迷藥，把那給酒

的人打死了。現在朋友們中能喝得白酒半斤以上的比比皆是，可知酒量是今人好得多了。

從文章開首到「只喜歡喝點淡薄的新做米酒罷了」是第一層意思，講的是中國古代的酒。

從「在歐洲古代」到結束，講的是歐洲古代的酒，是第二層意思。

這兩層意思各自說明一個方面的內容，但又都是圍繞着「古代的酒」這個中心，成為組成這篇文章不可缺少的部分。所以，我們說這篇文章有兩個層次。

同學再請回頭看看〈勝完可以再勝〉（p.20）一文。從意思的連貫與完整來說，該文也有兩個層次。第 1、2、3 段為第一層次，解釋「勝完可以再勝」出於何處，是甚麼意思。第 4 段為第二層次，表達作者對「勝完可以再勝」這句話的不認同態度。

從以上的例文，我們可以概括出，層次就是完整的意義段落，是根據內容劃分的。

同學明白文章的段落和層次，可以說是摸到了閱讀理解的門口。通過這個門口，就不難進入閱讀理解的領域，將前人的知識、經驗轉化為自己創設人生的知與能，開拓屬於自己的一片新天地。

② 條分縷析脈絡清——文章層次間的關係

讀過前面的例文，我們知道段落與層次可以是一一對應的關係，例如〈鼓勵的力量〉（p.17）一文，有六個段落，可分為五個層次。其中第 1、2、3、4 段對應分別為第一、第二、第三、第四層次，第 5、6 段為第五層次。也可以是段落中有層次，如〈古代的酒〉（p.22）僅一個段落，卻有兩個層次。還可能是層次中有段落，如〈勝完可以再勝〉（p.20）、〈古井〉（p.21）等例子。層次中有好幾個段落的文章有很多，這代表通常層次是大於段落的。

那麼，層次與層次之間的關係又是怎樣呢？常見的有下列幾種情況：

總分式的關係

例文

知識對道德的影響
梁彪

1　　知識對道德產生甚麼作用？對於這一問題，一直存在着不同的看法。有些人認為，知識的增長會引起道德的墮落。老子、莊子等人就認為，社會動亂是由於知識增長引起的，即所謂「民之難治，以其智多」，因此，只要「絕聖棄智」，「常使民無知無欲」，就不會產生社會爭端，天下就會太平。與此相類似的，古希臘的安提西尼也反對知識和技藝的進步，主張人類返回原始狀態中去。即使是今天，還有許多人面對着科學技術的高度發展，憂心忡忡，擔心科學知識會給人帶來災難性的後果。有人甚至提出這樣的疑問：「知識到底是魔鬼還是上帝？」另外一些人的看法則不同。孔子曾說，「好仁而不好學，其蔽也愚」。蘇格拉底也說過，「知識就是道德」。德謨克利特強調，「科學是使人獲得美好道德品質的需要」。近代英國哲學家培根認為「知識能改變人的性格」，他甚至提出了「知識

就是力量」的口號。可見，他們都認為知識對道德具有積極的作用。

2　　在我們看來，第二種看法無疑地是正確的。

3　　那麼，知識是怎樣對道德產生積極作用的呢？首先，形成堅定的道德信念需要一定的科學文化知識。人們的道德行為是由道德信念所決定的。人們之所以對某種道德具有牢固的信念，是因為他們對信念本身有着深刻的認識，而要做到這一點，需要一定的文化知識。

4　　其次，科學文化知識是培養高尚道德品質的重要條件。一般地說，良好道德品質的形成，跟科學文化知識的素養是密切相關的。居里夫人的那種不謀私利，勇於獻身的精神，恐怕跟她掌握豐富的文化知識，領悟人生真諦不無關係。高爾基曾說過：「人的知識越廣，人的本身也越臻完善。」當然，這種完善也應當包括道德的完善。這就說明，良好道德品質的形成，離不開科學文化知識的影響。

5　　有些人可能會問，秦檜曾中過狀元，不能說他的知識不多，卻當了賣國賊；斯塔克曾得過諾貝爾獎，不能說他的知識不豐富，卻變成了希特勒的幫兇。這又怎麼解釋？

6　　應該看到，知識與道德還是有區別的。一個人的道德品質好壞，除了跟他的知識水平有關外，還跟社會影響、意識形態等方面的影響有關，所以，單純的知識積累，並不就等於道德水平的提高，有時甚至會造成知識與道德相背離的現象。但從總體上看，知識水平跟道德水平還是相一致的。因此，我們不能因存在知識與道德相背離的現象，而否定知識在提高道德品質中所起的重要作用。

此文有六個段落。第 1 、 2 段為第一層次；第 3 、 4 段為第二層次；第 5 、 6 段為第三層次。

第一層次：首先提出兩種相互對立的看法，然後明確表明作者同意「知識對道德產生積極作用」的觀點。

第二層次：通過兩個分論點：「形成堅定的道德信念需要一定的科學文化知識」，及「科學文化知識是培養高尚道德品質的重要條件」，以論證總觀點。

第一層次與第二層次之間，是先提出總論點，然後分別論證的總分式關係。

分總式的關係

例文

春節壓歲錢的由來

[1]　　關於壓歲錢，有一個流傳很廣的故事。古時候，有一種小妖叫「祟」，大年三十晚上出來用手去摸熟睡着的孩子的頭，孩子往往嚇得哭起來，接着頭痛發熱，變成傻子。因此，家家都在這天亮着燈坐着不睡，叫做「守祟」。

[2]　　有一家夫妻倆老年得子，視為心肝寶貝。到了年三十夜晚，他們怕「祟」來害孩子，就拿出八枚銅錢同孩子玩。孩子玩累了睡着了，他們就把八枚銅錢用紅紙包着放在孩子的枕頭下邊，夫妻倆不敢合眼。半夜裏一陣陰風吹開房門，吹滅了燈火，「祟」剛伸手去摸孩子的頭，枕頭邊就迸發道道閃光，嚇得「祟」逃跑了。第二天，夫妻倆把用紅紙包八枚銅錢嚇退「祟」的事告訴了大家，以後大家學着做，孩子就太平無事了。

[3]　　另有一說源於古代「壓驚」。說是太古時有一種凶獸叫「年」，隔三百六十五日後之夜，就要出來傷害人畜、莊稼。小孩子害怕，大人則以燃竹響聲驅「年」，用食品安慰小孩，即為「壓驚」。年久日深，便演變為以貨幣代食物，至宋便有「壓驚錢」。據史載，王韶子南陔，因被壞人揹走，於途中驚呼，才被皇車所救，宋神宗即賜了他「壓驚金犀錢」。以後才發展為「壓歲錢」。

[4]　　原來八枚銅錢是八仙變的，暗中來保護孩子的。因為「祟」與「歲」諧音，之後逐漸演變為「壓歲錢」。到了明清，「以彩繩穿錢編為龍形，謂

之壓歲錢。尊長之賜小兒者，亦謂壓歲錢」。所以一些地方把給孩子壓歲錢叫「串錢」。到了近代則演變為紅紙包一百文銅錢賜給晚輩，寓意「長命百歲」。對已成年的晚輩紅紙包裏則放一枚銀元，寓意「一本萬利」。貨幣改為紙幣後，長輩們喜歡到銀行兌換票面號碼相連的新鈔票給孩子，祝願孩子「連連高升」。

5 　　小孩的是「壓祟錢」，老人的才是「壓歲錢」。老人的「壓歲錢」指為了他們不再增長歲數，可以壽比南山不老松。

（節錄自《廣州文摘報》2013 年第 12 期第 17 版）

〈春節壓歲錢的由來〉是一篇典型的先分後合的分總式文章。全文共五段，分為三個層次；第1、2段為第一層次，第3段為第二層次，第4、5段為第三層次。

第一層次：介紹壓歲錢源於守「祟」的傳說。

第二層次：介紹壓歲錢源於「壓驚」的傳說。

第三層次：介紹壓歲錢的演變及寓意。

第一、二層次分別介紹關於壓歲錢的傳說，第三層次歸納介紹壓歲錢的演變和寓意。

再有如下文：

例文

做弱者是智慧

1 　　海灘上藍甲蟹分為兩種，一種是較兇猛的，不知躲避危險，跟誰都敢開戰；一種是溫和的，不善抵抗，遇有敵人，便翻過身子，四腳朝天，任你怎麼叫牠，踩牠，牠都不理不動，一味裝死。

2　　經過千百年的演變，出現了一種有趣的現象，強悍兇猛的藍甲蟹越來越少，成為了瀕危動物。而較弱的藍甲蟹，反而繁衍昌盛，遍佈世界許多海灘。

3　　動物學家研究發現，強悍的藍甲蟹一是因為好鬥，相互殘殺中首先滅絕了一半，其次是因為強悍而不知躲避，被天敵吃掉一半。而軟弱的，會裝死的藍甲蟹，則因為善於保護自己，反而擴大了自身。

4　　在澳洲，強悍的烈馬，命運反而短暫，一般是被殺掉吃肉，而溫弱的母馬，往往卻能被利用，馴服後在賽場上很有可能成為一匹奪冠的快馬。快馬得勢，反而是建立在最初的懦弱上。

5　　美國心理學家做過這樣的調查，一名彪形大漢，在擁堵的馬路上橫穿而過，願意給他讓路的車輛不到百分之五十，車禍率很高。而一個老弱病殘者橫穿馬路，卻是萬人相讓，大家還覺得自己是做了善事，車禍率為零。弱與強，在某種時候，收到的效果截然相反。弱，反而得了強勢；強，反而處於弱勢。

6　　放下架子，做個弱者，也是人生在世心態平和的出發點。如今很多人都愛表現出強者的風範，往往碰得頭破血流；而以弱者的姿態行事，人自然會謙虛謹慎，別人也會願意接受，反而會使一切順暢。做人做事，如果能經常以一種弱者的姿態出發，以弱者的面貌去把握自己，大概才更能成為長久的贏家。

（節錄自《華文讀者文摘》）

〈做弱者是智慧〉一文共六段，可分為四個層次。第 1 、 2 、 3 段為第一層次，第 4 段為第二層次，第 5 段為第三層次，第 6 段為第四層次。

第一層次：以兩種藍甲蟹遇險時的不同應對方式導致的生存結果，說明強悍不知躲避會導致滅絕，軟弱善於保護自己反而擴大自身的觀點。

第二層次：以強悍烈馬命運短暫，溫弱母馬可能成為快馬，說明最初的懦弱反而會得勢的觀點。

第三層次：以彪形大漢與老弱病殘者橫穿馬路不同的車禍率，說明在一定情況下，弱反而強，強反而弱的觀點。

第四層次：總結出全文的結論：做人做事，如果能經常以一種弱者的姿態出發，以弱者的面貌去把握自己，大概才更能成為長久的贏家。

這篇文章，第一、二、三層次都是分別舉例分析，最後在第四層次得出結論，在文章的整體結構上，也屬於分總式的關係。

並列式的關係

並列式的層次關係是文章中最常見的。例如前面〈春節壓歲錢的由來〉一文中（p.26），第一、二層次之間是平等、並列的，不存在誰先誰後、轉折、承接的問題，它們之間的關係就是並列式的關係。在〈做弱者是智慧〉一文中，第一、二、三層次分別描述藍甲蟹、馬、人，強反而弱，弱反而強的情況，三個層次之間也是並列的關係。

又如〈古代的酒〉（p.22）一文，兩個層次分別介紹中國古代的酒和歐洲古代的酒，它們之間的關係也是並列式的關係。

遞進式的關係

例文

要品出個味來

1　讀書，得學會品味。

2　譬如，朱自清的散文名篇〈荷塘月色〉中有這樣的句子：「月光如流水一般，靜靜地瀉在這一片葉子和花上。」讀了以後，人們常常會讚不絕口地說：「寫得妙！」妙在哪兒？妙在一個「瀉」字用得準。

3　比喻，作為一種修辭方法，在本體與喻體之間，總得有某方面的聯

繫，而且也往往只是在某一方面有聯繫，而不可能在任何方面都有聯繫。譬如，人們常將「太陽」作為喻體，說：「XX像太陽。」像「太陽」的甚麼呢？有時，取「太陽」的「光」，有時，取「太陽」的「熱」，有時則取「紅」、「圓」、「大」的意思。如果甚麼方面都像，本體與喻體不就成了一個東西了嗎？

4　　「水」，或者「流水」，也常常用來作為喻體。在打比方時，同樣是根據不同的情景，取某方面的意思。比如，「子在川上曰：『逝者如斯夫，不舍晝夜！』」這就是取流水速度的「快」。再如：「夜涼如水。」則是取水的溫度的「低」。又如「問君能有幾多愁？恰似一江春水向東流」，則是用江水的多而流不盡，形象地說明了「愁」的綿綿無盡期。

5　　這樣看來，「月光如流水」一般地「瀉」，或者是「月光如水」一般地「照」，關鍵不在於「水」，而在於取了「水」的哪一方面的意思。照我看，朱自清之所以用「瀉」，主要是為了突出「月光」（是從樹叢中透射到水面上）的「濃」、「亮」。設想一下吧，在蓊蓊鬱鬱的、黑乎乎的樹縫裏，月亮送來了它的清輝，明暗對照，你能不覺得它就像從高處流滿下來的股股水流嗎？這樣，一個「瀉」字，用得就恰如其份，貼切地勾勒出月光的質感，彷彿就像伸手可以觸摸得到的一般。而魯迅「吟罷低眉無寫處，月如水照緇衣」的詩句呢，由於寫於深夜中，又由於作者心頭充滿了憤慨、悲哀，因此，將月光比作「水」，主要是突出了水的「涼」：月光就像水一樣，冷冰冰的，照到了我的身上。這樣寫，情景交融，生動地反映了作者此時此刻的處境和心情！

6　　到此為止，這句子的「味」算是「品」到一些了。

（節錄自 1992 年 5 月 18 日《參考消息》）

這篇文章分為四個層次。第 1 段為第一層，第 2 段為第二層，第 3、4、5 段為第三層，第 6 段為第四層。

第一層：提出全文的中心，即讀書要學會品味。

第二層：舉〈荷塘月色〉裏一個句子中「瀉」字用得準為例子，說明甚麼是品味。

第三層：從比喻說起，解釋甚麼是喻體，再說到作為喻體的「水」字有多種不同的意思，最後說明「瀉」字正好表現出月光的質感，使人有一種可以觸摸得到的感覺，具體地描述了如何「品味」的全部過程。

第四層：是對文章開首的回應。

在這篇文章裏，作者由淺入深，層層深入，下一層次闡述上一層次，層次間呈現遞進式的關係。

我們再來讀讀下面這篇例文：

例文

最早的橋
茅以升

1　　首先要說清楚：甚麼是橋？如果說，能使人過河，從此岸到彼岸的東西就是橋，那麼，船也是橋了；能使人越嶺，從這山到對山的東西就是橋，那麼，直升飛機也是橋了。船和飛機當然都不是橋，因為橋是固定的，而人在橋上是要走動的。可是，攔河築壩，壩是固定的，而人又能在壩上走，從此岸走到彼岸，難道壩也是橋嗎？不是的，因為橋下還要能過水，要有橋孔。那麼，在淺水河裏，每隔一步，放下一堆大石塊，排成一線，直達對岸，上面走人，下面過水，而石塊位置又是固定的，這該是一座橋了（這在古時叫做「黿鼉以為橋樑」，見《拾遺記》，近代叫做「汀步橋」），然而嚴格說來，這還不是橋，因為橋面是要連續的，不連續，不成路。但是，過河越谷的水管渠道，雖然具備了上述的橋的條件，而仍然不是橋，這又是何故呢？因為它上面不能行車。這樣說來，礦山裏運煤的架空棧道，從山頂到平地，上面行車，豈非也是橋嗎？然而又不是，因為這種棧道太陡，上面不能走人。說來說去，橋總要是條路，它才能行車走人，不過它不是造在地上而是架在空中的，因而下面就能過水行船。

2　其次，怎樣叫早？是自然界歷史上的早呢，還是人類歷史上的早。是世界各國的早呢，還是僅僅本國的早。所謂早是要有歷史記載為根據呢，還是可憑推理來臆斷。早是指較大的橋呢，還是包括很小的在內，比如深山曠野中的一條小溪河上，橫跨着一根不太長的石塊，算不算？也就是説，是指有名的橋呢，還是無名的橋。這樣一推敲，就很難落筆了。姑且定個範圍，那就是：世界上最初出現的人造的橋，但只指橋的類型而非某一座橋。

3　在人類歷史以前，就有三種橋。一是河邊大樹，為風吹倒，恰巧橫跨河上，形成現代所謂「樑橋」，樑就是跨越的橫桿。二是兩山間有瀑布，中為石脊所阻，水穿石隙成孔，漸漸擴大，孔上面層，磨成圓形，形成現代所謂「拱橋」，拱就是彎曲的樑。三是一群猴子過河，一個先上樹，第二個上去抱着牠，第三個又去抱第二個，如此一個個上去連成一長串，為地上猴子甩過河，讓尾巴上的猴子，抱住對岸一棵樹，這就成為一串「猿橋」，形式上就是現代所謂「懸橋」。樑橋、拱橋和懸橋是橋的三種基本類型，所有千變萬化的各種形式，都由此脱胎而來。

4　因此，世界上最初出現的人造的橋就離不開這三種基本形式。在最小的溪河上，就是單孔的木樑。在淺水而較大的河上，就是以堆石為墩的多孔木樑。在水深而面不太寬的河上，就是單孔的石拱。在水深流急而面又寬的大河上，就是只過人而不行車的懸橋。

5　應當附帶提一下，我國最早的橋在文字上叫做「樑」，而非「橋」。《詩經》「親迎於渭，造舟為樑」。這裏的「樑」，就是浮橋，是用船編成的，上面可以行車。這樣説來，在歷史記載上，我國最早的橋，就是浮橋。

（節錄自 1992 年 5 月 18 日《參考消息》）

這篇〈最早的橋〉，先從甚麼是「橋」，説到怎樣叫「早」，再説到人類歷史以前的三種橋（樑橋、拱橋、懸橋），然後談及世界上最初出現的人造橋的三種基本形式，最後點明我國歷史記載上最早的橋是浮橋。

文章先確立概念，再引出歷史事實，最後點題。作者圍繞着「最早的橋」這個中心，採取層層深入，逐步推進的方式行文，各層次之間也是遞進式的關係。

上面概括了文章層次間的四種結構關係，這些只是最基本的關係形式。其中，有的全篇只有一種形式，如〈古代的酒〉一文（p.22），層次間只是單一的並列關係；而更多的文章，一篇裏有兩種以上的結構關係。如〈知識對道德的影響〉一文（p.24），便既有第一層次與第二層次之間總分式的關係，也有分別從正、反兩面論證總論點的第二層次和第三層次之間並列式的關係。

弄清楚文章層次間的關係，無異於理清了作者的寫作思路，順着作者的思路，便可以理解文章的意思，達到閱讀的目的。

要熟練地掌握文章層次間的關係，不能靠死記，而要靠多讀、多總結規律。多讀才能生巧；多總結規律才能舉一反三。在以後的章節中，還會陸續介紹各種主要文體最基本的層次結構關係。但介紹卻不能代替多讀。唯有讀多了，加上善於自己總結，才可較牢固地掌握層次關係和規律，提高閱讀理解的能力。

練習 一

一、下面哪一項對文章層次的描述是準確的？圈出代表答案的英
　文字母。

　A. 層次就是段落，段落就是層次。

　B. 文章中每個自然段就是一個層次。

　C. 層次一定是多個段落組成的。

　D. 層次是完整的意義段落，根據內容劃分。

二、再細閱〈最早的橋〉一文（p.31），回答以下問題。

　1.〈最早的橋〉一文有五個段落 _____ 個層次。

　2. 第 1 段屬於第 _____ 層次。

　　第 2 段屬於第 _____ 層次。

　　第 3 段屬於第 _____ 層次。

　　第 4 段屬於第 _____ 層次。

　　第 5 段屬於第 _____ 層次。

❸ 提綱挈領抓核心

傳說南北朝時梁代著名畫家張僧繇給金陵安樂寺作壁畫，他畫了四條龍，活靈活現，但都沒有眼睛。別人問為甚麼不畫眼睛，他說如果畫上眼睛，這些龍就飛走了。聽的人都不信他的話，他提起筆給兩條龍畫了眼睛，筆未放下，只聽見電閃雷鳴，牆壁轟裂，被畫了眼睛的那兩條龍果然不見了。後人常用「畫龍點睛」來形容那些使文章生動、明確，揭示文章主題的筆墨、句子。在閱讀中，抓住了這些「點睛之筆」，也就是抓住了文章的核心。

文章的核心，就是文章的主題，是作者在文章中要表明的觀點。

甚麼是「點睛之筆」？

前文介紹過〈古井〉一文（p.21），並指出其第 4 段是中心所在，也就是文章的主題。為甚麼這樣說呢？下面，我們來分析一下。

〈古井〉一文有九個段落，可分為四個層次：第 1 、 2 、 3 段為第一層；第 4 段為第二層；第 5 、 6 段為第三層；第 7 、 8 、 9 段為第四層。

文章第一層說古井可以比喻人，並描述了作為喻體的古井的特點：深不可測，清可見底，味道甜美。第二層將古井的特點引申到人，就是「才美不外露，大智若愚」，完成比喻。第三層描述了與「才美不外露，大智若愚」相對立的處世態度。第四層描述古井的好處。

文章讚美古井，其實是讚美像古井那樣的人。他們「才美不外露，大智若愚」。文章從頭到尾都圍繞這個中心展開，所以，我們說這個句子是文章的核心，是文章的主題思想。

我們再來讀後頁一篇例文：

例文

詩樣的人生
林語堂

1　　我以為從生物學的觀點看起來，人生幾乎是像一首詩。它有韻律和拍子，也有生長和腐蝕的內在循環。它開始是天真樸實的童年時期，嗣後便是粗拙的青春時期，企圖去適應成熟的社會，帶着青年的熱誠和愚憨，理想和野心，後來達到一個活動較劇烈的成年時期，由經驗上獲得進步，又由社會及人類天性上獲得更多的經驗；到中年的時候，才稍微減輕活動的緊張，性格也圓熟了，像水果的成熟或好酒的醇熟一樣，對於人生漸抱一種較寬容、較玩世、同時也較溫和的態度；以後到了老年的時期，內分泌腺減少了它們的活動，假如我們對於老年能有一種真正的哲學觀念，照這種觀念調和我們的生活形式，那麼這個時期在我們看來便是和平、穩定、閒逸和滿足的時期；最後生命的火花閃滅，一個人便永遠長眠不醒了。我們應當能夠體驗出這種人生的韻律之美，像欣賞大交響曲那樣地欣賞人生的主旨，欣賞它急緩的旋律，以及最後的決定。……

2　　一個人有童年、壯年，和老年，我想沒有一個人會覺得這是不美滿；一天有上午、中午、日落，一年有春、夏、秋、冬四季，這辦法再好沒有。人生沒有甚麼好壞，只有「在那一季裏甚麼東西是好的」的問題。如果我們抱着這種生物學的人生觀念，循着季節去生活，那麼除自大的呆子和無可救藥的理想主義者之外，沒有人會否認人生確是像一首詩那樣地生活過去的。

這篇文章是分總式結構。第 1 段是分述，把人生各個階段的特點，逐一描述。第 2 段概括上一段的內容，總結出「人生沒有甚麼好壞，只有『在那一季裏甚麼東西是好的』的問題」的結論。這個句子也就是文章的核心。

可能有人會問，這篇文章的題目是〈詩樣的人生〉，它的中心句子為甚麼不是「人生幾乎是像一首詩」呢？

在文章的第 1 段中，作者把人生的幾個階段比喻為詩歌中的節奏和拍子，這些階段的交替更迭，呈現出有節奏的韻律美。在文章的第 2 段，作者又將人生的幾個階段與時間、季節相對比。由此看出，作者並不只是要告訴讀者人生如詩歌一樣具有韻律美，而是通過這種比喻，闡明這樣一個觀點：組成這種韻律的每一個節拍——人生的每一個階段都是不可缺少的，所以，人生沒有好壞之分。「人生幾乎是像一首詩」也就不可能是作者想要傳達的中心意思了。

如何抓住文章的中心？

文章中心的表達方式可說千姿百態，不過，在這千姿百態中還是有規律可尋的。下面會介紹一些較常見的表現方式。認識並了解這些表現方式，有助同學找出文章的中心。

開門見山式

我們前面讀過的〈抓住了衛星〉一文（p.3），第一句話是：

三名航天員 13 日晚間冒險進入太空的真空中，戴着手套抓住了一顆失控的衛星。

這句話是全文的中心，這句話以後的全部內容都是圍繞這個中心描述。這種在文章一開始便表明中心主題的表達方式，就是開門見山式。

開門見山式在新聞報道、說明文、議論文中較常見，例如前面讀過的〈要品出個味來〉（p.29），也是採用這種方式。

同學平常閱讀時，應首先注意文章的開頭。

結尾點題式

我們來看看〈最早的橋〉（p.31）的最後兩段：

因此，世界上最初出現的人造的橋就離不開這三種基本形式。在最小的溪河上，就是單孔的木樑。在淺水而較大的河上，就是以堆石為墩的多孔木樑。在水深而面不太寬的河上，就是單孔的石拱。在水深流急而面又寬的大河上，就是只過人而不行車的懸橋。

應當附帶提一下，我國最早的橋在文字上叫做「樑」，而非「橋」。《詩經》「親迎於渭，造舟為樑」。這裏的「樑」，就是浮橋，是用船編成的，上面可以行車。這樣説來，在歷史記載上，我國最早的橋，就是浮橋。

這篇文章的主題已直接表現在題目上，為了更充分地揭示主題，這一類型的文章往往會在結尾（例如上面引出的兩段），通過點題的方式，更具體地展現文章的核心內容。這就是結尾點題式。〈時裝是個叛徒〉(p.6)同樣採用這種方式。

承上啟下式

有些文章通過分析、舉例説明等手法，引出主題，然後又從主題出發，承接下文，比如〈古井〉(p.21)，就是採用這種方法。這種表現方式一般稱之為承上啟下式。

駁論立論式

有些文章以批駁別人觀點來確立自己的觀點。這方式叫駁論立論式。

例文

高枕豈能無憂
李廣智

1　　人常説：「高枕無憂。」高枕真能無憂嗎？不能。枕頭過高使頸部處於強迫屈曲位，從而造成頸後部軟組織處於牽伸狀態，導致軟組織勞損、鬆弛，影響頸椎的穩定，甚至使頸椎關節錯位；同時也增大了椎動脈進入顱腔的曲折度而引起供血不足，醒來後出現頭昏腦脹。高枕睡眠還會

減小頸部和胸部角度，增加了曲折度，使氣管通氣受阻，容易導致咽乾、咽痛和打呼嚕。此外，高枕還會使胸背部肌肉長期緊張、頸部軟組織痙攣乃至組織、血管、神經受壓迫，引起肩部痠痛、手麻、頭昏等症。

2　　有人曾做過試驗；用不同高度的枕頭，對躺在上面的人進行腦電圖監測，結果發現，當枕頭高度在六至九厘米時，腦電圖最早出現平穩的休息波形。因此，高枕有害。但枕頭太低，因重力關係，頭部血流量相應增加，頸動脈搏動宏大有力而影響睡眠，早晨起床就會頭脹頭痛、眼皮浮腫。

3　　那麼怎樣的枕頭既實用又符合生理保健的要求？骨科專家研究指出：從生理角度來看，以八至十五厘米（受壓後計算）為宜，兩端高，中間低，人睡下後形成自然的馬鞍形。仰臥時，頭部枕在枕頭中間，枕高為一拳左右；側臥時，頭部枕在兩側，枕高為一拳半左右。這樣高度、形狀的枕頭，才適合頸部生理弧度要求，有利於防治頸椎病。

這篇文章共三個段落。

第 1 段：文章一開始即擺出別人的觀點並提出疑問：「人常說：『高枕無憂』。高枕真能無憂嗎？」然後，從四方面說明高枕對人體的傷害。

第 2 段：用試驗數據再次證明高枕對人體無益，從而提出高枕有害的觀點。

第 3 段：說明甚麼樣的枕頭最適合人體生理和健康要求。

總結歸納式

總結歸納式就是在文章的結尾部分，描述、分析，總結前文，然後歸納出文章的主題。例如〈做弱者是智慧〉（p.27）、〈詩樣的人生〉（p.36）等文章，便採用這種方法。

排列選擇式

把幾種觀點排列在文章中，然後選擇一種作為自己的觀點。這種方式稱為排列選擇式。例如〈知識對道德的影響〉（p.24）一文中的第 1 段，列舉了兩種

觀點，然後，作者用明確無誤的語言告訴讀者，他同意第二種觀點，即「知識對道德具有積極的作用」。

以上介紹的六種表現文章主題的方式，是較常見的。除此以外，還有其他的表現方式，同學需要在閱讀時加倍留意，不斷總結、體會。

此外，有一個值得注意的問題。由於文章的中心語句都是作者思想的體現，作者只有在很清楚自己要表達甚麼思想、觀點時，才寫得出文章。所以，在文章中出現的表達主題的語句，一般都是肯定語句，例如富哲理意味的警語、具結論意義的斷語等，並且一般不會用長句子。這些同學都要留意。

④ 抽絲剝繭得結論

同學先來讀一讀這篇文章：

人為甚麼要流淚
雯輝

1　　美國科學家正在不斷地揭開人類流淚之謎。歸納起來有這樣四點：

2　　其一，淚水的化學組成要遠比過去想像的紛繁複雜。流淚可能也是一種體內廢物的排洩方法。

3　　其二，屬於情感性的淚水成份，有別於肉體疼痛流出的各種淚水，前者或許還包括了一些應激反應過程中所產生的物質。

4　　其三，大哭一場可以令人心情舒暢，而且那些經常落淚的人不易患上與緊張因素有關的疾病，如潰瘍和結腸炎。

5　　其四，女人較男人更加容易哭泣，這或許與機體的生物化學有關。

6　　在過去的十五年內，科學家開始逐漸理解哭泣的奧秘。他們發現眼睛表面覆蓋着三層淚膜：促使淚水均勻擴散到角膜的黏液內層；保持眼睛濕潤光滑的中間水層；阻止淚水蒸發的油性外層。通常所認為的淚水則屬於分佈在上眼凹的淚腺分泌的物質。

7　　美國明尼蘇達州聖保羅心理研究室主任費雷教授的實驗結果，揭示情感性的淚水中含有較高濃度的蛋白質。他從對十八至七十五歲之間的三百三十一位自願者進行為期三十天的調查中，發現女性較多愁善感，由情感因素所致的平均哭泣次數達 5.3 次，男性則少於 1.4 次，其中 85% 的女性和 73% 的男性都有「大哭一場，心情舒暢」的感覺。而僅有 6% 的女性和 45% 的男性在實驗期間未曾流過眼淚。

8　　　另一個重要結果表明，女性哭泣的主要原因是人際關係的變化，例如當她們告別心愛的人時，就會情不自禁地潸然淚下。據統計，在各種情感性的流淚中，為悲傷、幸福與憤怒而落淚的情形各佔 49%、21% 與 16%。

9　　　「男兒有淚不輕彈」的傳統看法遭到衝擊。費雷教授證實男女流淚的區別與機體分泌的催乳激素密切相關。那些尚未發育的童男童女彼此之間並不存在着哭泣差異，但是到了青春期，女性體內催乳激素的濃度比同齡男性高出 60%，因此其哭泣次數高達男性的五倍。

10　　　為了你的健康，勸君不必抑制哭泣，而應該痛痛快快地流下自己的眼淚。

這篇有十個段落的文章可分為三個層次。第 1 至 5 段為第一層，說明目前已知的眼淚的四個特點。第 6 至 9 段為第二層，說明哭泣的奧秘，包括淚膜的結構、男女哭泣的不同特點和原因。最後一段為第三層，說明哭泣流淚有利於健康。

讀過這篇文章後，同學很難找出一個句子作為文章的中心語句。

確實，不是所有文章都會在文中直接顯露主題的。像〈人為甚麼要流淚〉這類文章，需要認真分析，去輕就重，去枝蔓，尋主幹，如抽絲剝繭一般，用自己的語言概括出文章的主題。

那麼，如何去歸納、概括這類文章的主題呢？下面，給大家介紹幾種較常用的方法。

抽出重點內容，歸納文章主題

仍以〈人為甚麼要流淚〉這篇文章為例。

文章中第一層的四個小段，分別介紹科學家歸納眼淚的四個特點：第 2 段說的是流淚的生理原因；第 3 段說的是情感性淚水的性質；第 4 段說的是哭泣落淚對人體健康的作用；第 5 段說的是男女之間哭泣的差異及其原因。

第二層的第一段（即第 ⑥ 段）介紹淚膜的結構特點，說明眼淚的性質，這是照應第一層的第 ③ 段，對其作具體闡述。

第二段（即第 ⑦ 段）舉出具體的數字，說明情感眼淚的性質、對哭泣流淚的作用，這是照應第一層第 ③、④ 段內容。

至於第三、四段（即第 ⑧、⑨ 段）說的是男女間哭泣的差異及其原因，是對第一層第 ⑤ 段的具體分析。

從以上的分析，同學可知道第一、二層次間是先總後分的關係，第一層是文章的內容重點。根據第一層的內容，可以概括出文章的中心：分析流淚的生理原因、淚水的性質、流淚對人體健康的作用，說明流淚是人體生理的、情感的需要，並說明男女間哭泣流淚的差異，是由於男女機體分泌的不同而造成。

以上的概括文章主題的方法，便是採用理清枝蔓，尋主幹，抽出文章重點內容以歸納主題的方法。

通過重點段落，歸納文章主題

例文

巡堤者的眼睛
秦牧

① 　　在鄉間的時候，每逢山洪暴發，看到老農巡視堤防的場面，總是感到十分動心。這時，一條巨堤在這些小心翼翼的巡視者眼下，任何微小的缺陷，都逃不過他們銳利的眼睛。只要發現一條巨堤有一絲兒裂痕，微微地滲過幾顆水滴，他們就極為緊張了，立刻鳴鑼召集群眾搶救。事實上，不這樣小心謹慎是不行的，任何後果嚴重的崩堤，經常都通過這些裂縫而出現。能夠發現這些微小的裂縫，就能夠消弭巨大的禍患。但是在一些沒有護堤常識的人看來，那細小的裂縫也許是微不足道的，老農的反應未免

是大驚小怪了。可是實際上，能不能夠發現事物的這類小裂縫，能不能夠重視這類小裂縫，常常就是各行各業中內行和外行，老手和生手的分別所在。如果人們對一件事情，等到「真相大白」的時候，才從「恍然」裏鑽出個「大悟」來，已經談不上甚麼「洞燭先機」，談不上甚麼「防患未然」了。

2　　我常常想：學習老農巡視堤防的這種嚴密精神，對我們每個人是大有好處的。尤其是在面對複雜事理，有點撲朔迷離的時候，本着這種嚴密的精神，細細去推敲事理的每一個細節，看看究竟有甚麼裂縫沒有，如果有，從這裏深入研究一下，往往「柳暗花明又一村」，那些事物的潛藏着的真相，終於不得不整個暴露在一切具有謹慎銳利的眼睛的人們面前了。

這篇文章的結構比較簡單，兩個段落，是分總式的結構。

第 1 段：對巡堤者的描述和分析。

第 2 段：作者對該事件的議論，這段是體現作者思想、觀點的重點段，要歸納此文的中心，就要抓住這個段落。

事實上，把第 2 段的一些敘述性詞語去掉，便可以提煉出文章的主題：面對撲朔迷離的複雜事理，本着嚴密的精神加以研究、推敲，便可以發現事物潛在的真相。

借助寓意，挖掘文章主題

例文

寄生樹與細草
郭沫若

1　　寄生樹站在一株古木的高枝上，在空氣中洋洋得意。它倨傲地俯瞰着下面的細草說道：

2 「你們可憐的小草兒，你看我的位置是多麼高，你們是多麼矮小！」

3 細草們沒有回答。

4 寄生樹又自言自語地唱道：

5 「啊哈喲，我是大自然中的天驕。有大樹做我庇護，有大樹供我養料。我是神不虧而精不勞，高瞻乎宇宙，君臨乎小草，披靡乎浮雲，揖友乎百鳥。啊哈喲，我是大自然中的天驕。」

6 一場雷雨，把大樹劈倒了。寄生樹和古木的高枝倒折在草上。細草兒們為它哀哭了一場。寄生樹漸漸枯死了。每逢下雨的時候，細草們便追悼它，為它哀哭。

7 寄生樹被老樵夫撿拾在大籮筐裏，賣到瓦窰裏去燒了。每逢下雨的時候，細草們還在追悼它，為它哀哭。

這是一篇寓言。通過講述故事闡釋某種道理。本文分為兩個層次，第一層次描寫了寄生樹的自吹自擂，第二層次講述自高自大的寄生樹被雷電擊倒而枯死，矮小的細草依然活着。

文章描寫了寄生樹以寄生為榮，自以為是，看不起矮小的細草，最終卻不如細草活得長久。

寄生樹、細草都是植物，作者卻將它們當作人一樣描寫，它們既會說話，也會哭泣。事實上，作者是將寄生樹與細草比喻為人，兩種完全不相同的人。以寄生樹比喻那些只知道依賴別人，狐假虎威的人；以細草比喻靠自己的力量獨立於世的人。

文章的寓意通過寄生樹與細草的不同結局來表現，從寓意便不難看出，作者要表達的思想，就是依賴別人而生存是沒有好結果的。

透過抒情，概括文章主題

例文

雪中記事

1　　那是一個下大雪的冬天，因為趕着去加州大學柏克萊分校做實驗，我早早就起來了。留學後的第一場雪，飄在異國的天空中，別有一種情趣。

2　　我的房東吉姆先生一家還在睡覺，而這幢三層住宅的另外五六戶人家也都尚未起床。憑着一種很簡單的習慣，我一個人在我們樓前的雪地上鏟出了一條路，通到馬路上。然後我開着車，趕往學校。

3　　深夜，我回到住宅時，吉姆先生一家正在屋內看電視。為了不打擾他們，我悄悄回到自己的房裏。在門口的信箱裏，我看到一個封好卻未貼郵票的信封。當我撕開時，竟落下幾張零散的美鈔。一張信箋上寫着：「親愛的張，謝謝你大清早起來掃雪，我們一共湊了三十美元，表示我們的補償。」署名是「你的誠摯的朋友們」。

4　　明月照着殘雪，幾張美鈔隨風飄動——我趕忙用手撿拾起來，就在這瞬間，我彷彿握上了一雙雙無形中伸出的手。

這是一篇敘事文章，記述的是「我」在下大雪的早晨，在雪地上掃出一條路，因而受到鄰人的感激和補償。

敘事性的文章總是通過所敘述的事件，表現出作者的某種情感或看法。但這些情感或看法一般不會直接在文章裏表達出來，這就需要讀者通過文章中某些流露作者感情、暗示作者態度的句子來捕捉作者的思想。這些句子往往便是文章中的抒情部分。

例如本文最後一句「就在這瞬間，我彷彿握上了一雙雙無形中伸出的手」，就是作者對所敘述事件發出的感歎。「伸出的手」表示了熱情、肯定，也就

是説作者感受到被肯定。結合文章的內容，可概括出文章的主題是：只要真誠的付出，總會得到熱情的回報。

在這一章裏，我們介紹了文章的基本結構和分析、概括文章主題的方法。理解、領會文章的主題，是閱讀的最終目的。了解文章的結構，只是理解主題的手段。因此，同學在閱讀訓練中，重點在掌握分析、概括主題的方法。

練習 二

細閱下文，然後回答所附問題。

科學家與春蠶

[1] 　　1912 年春天，居里夫人的兩個女兒養了一些蠶。病中的居里夫人有暇觀察蠶兒如何吃桑葉，又怎樣吐絲、結繭。她看了好久好久：蠶有求於人的只是幾片綠葉，而貢獻給人的卻是精美纖亮的絲；牠們極細心極忍耐地朝着一個目標——結繭的方向努力，一直到吐完自己的最後一根絲。看啊，看啊，居里夫人感動極了，恍惚覺得自己也化作了一條春蠶。

[2] 　　第二年，在寫給外甥女的一封信中，居里夫人還將自己與春蠶引為同類。她說：「我也是永遠忍耐地向一個極好的目標努力，我知道生命很短促而且很脆弱，知道它不能留下甚麼，知道別人的看法不同，而且不能保證我的努力自有真理，但是我仍舊如此作。我如此作，無疑地是有使我不得不如此作的原因，正如蠶不得不作繭。」從居里夫人以蠶自喻的動人話語裏，我們不僅可以看到她謙遜無私的美德，而且可以窺見這位女科學家特有的寶貴品格。

[3] 　　春蠶是細心的，居里夫人正是個科學上的細心人。讓我們想一想吧：從四百噸鈾瀝青礦物、二百噸化學藥品和八百噸水之中捕捉一克的鐳，該有多麼難？一點一點地分離，一次一次地測量，來不得半點浮氣與粗心。尤其是在溶液「部分結晶」階段，棚屋內煤屑飛揚，溫度難調，在這樣的條件下搞「提純」談何容易！然而，居里夫人竟做到了。

[4] 　　春蠶是耐心的，居里夫人正是個科學上的耐心人。為了發現鐳，她和丈夫頑強地苦戰了四年。有一年他們沒有看過一場戲，

沒有聽過一次音樂會，也沒有去訪問過朋友。在接近成功的當兒，儲蓄用光了。要不要再堅持下去呢？居里一度發生了動搖。耐心的居里夫人是不屈的，正是她的堅持，才避免了功虧一簣，揭開了鐳的秘密。

5　　春蠶是有事業心的，居里夫人就是把整個身心都獻給科學和人類進步事業的人。她以畢生精力研究了鐳，建立了嶄新的放射科學，成為核物理的開拓者。

6　　為着崇高的事業，細心、耐心地工作着，把一切獻給人民，這就是春蠶的品格，這就是令人感動的居里夫人的品格。

以下哪一個選項，最能概括〈科學家與春蠶〉的中心思想？圈出代表答案的英文字母。

A. 居里夫人具有謙遜無私的美德和細心、耐心、有事業心的寶貴品格。

B. 居里夫人像春蠶一樣，細心、耐心、有事業心。

C. 為着崇高的事業，細心、耐心地工作着，把一切獻給人民，這就是春蠶的品格，這就是令人感動的居里夫人的品格。

D. 文章通過春蠶與居里夫人的類比，讚美居里夫人為着崇高的事業，細心、耐心地工作，把一切獻給人民的寶貴品格。

三

主要文體的閱讀理解技巧

❶ 有條不紊娓娓道來——說明文閱讀技巧

說明文的特性

例文

用影碟教學
雲飛

1 　　當我們還用影碟在唱卡拉 OK 時，美國已開始把它應用在教學中。影碟儲存量非常豐富，能儲存任何聲音、圖像與文字資料。語言、醫學、汽車修理、法律等教學，只要用一片影碟，就能記錄全部課程。

2 　　美國的羅姆公司將法文、西班牙文、德文、俄文、日文、中文與意大利文的教學課程完全錄在影碟裏，可以教語法、發音。學習者按自己需要控制語句播放的速度。如果單詞不懂，電腦可以解釋，甚至將每個句子或單詞反復唸到完全懂了為止。

3 　　學微積分一直是很多學生苦惱的事，影碟上的微積分教學比參考書好上千百倍。只要將自己無法解的題目打入，電腦會自動列出解答步驟。你也可以隨時命令電腦中止解答，自己接續解題。事後，電腦還可以檢查你解法對不對。

4 　　影碟教學並不會使教師失業，他們只是不需要再做一些例行的授課、改卷、打成績等工作，而把更多的時間用去設計有趣又有效的影碟教材。開學時，每個同學也不用再領回一大堆教科書，只需要領回一張影碟即可。

5 　　去年夏天，美國猶他市一所高中便以影碟作畢業紀念冊。老師訓人的聲音，同學彼此的嬉鬧、留言、成績單、考試成績等，都完整地保留下來。據估計，五年內，全美大部分高中的畢業冊都將以影碟發行。

這篇文章第 1 段介紹了影碟的性能;第 2 段介紹了影碟在外語教學中的應用;第 3 段介紹了影碟在微積分教學中的應用;第 4 段介紹了使用影碟後教師、學生發生的變化;第 5 段介紹了影碟還可作畢業紀念冊。

像這種說明某一事物或事件的文章,都是說明文。

同學前面讀過的屬於說明文的文章有:介紹大足石刻地理位置、內容特點、雕刻類別、起源發展、在中國宗教石刻藝術的地位、藝術特徵、藝術價值的〈大足石刻〉(p.8);介紹春節壓歲錢來源的傳說、壓歲錢的演變與寓意的〈春節壓歲錢的由來〉(p.26);說明甚麼是最早的橋的〈最早的橋〉(p.31)等等。

說明文與其他文種的區別在於它只限於對事物或事件作說明、解釋,不做議論、引申。

比如〈做弱者是智慧〉一文(p.27),雖然介紹了兩種藍甲蟹遇險時的不同應對方式和生存結果;介紹了強悍烈馬命運短暫,溫弱母馬可能成為快馬的情況;介紹了彪形大漢與老弱病殘者橫穿馬路不同的車禍率,但這些介紹的目的,是為了證明作者認為在一定情況下,弱反而強,強反而弱的觀點,這觀點已經離開了先前所介紹事物的本身,完全是作者從事物分析中引發的感受,最終是為了證明作者得出的「做人做事,如果能經常以一種弱者的姿態出發,以弱者的面貌去把握自己,大概才更能成為長久的贏家」的觀點。而說明文則以介紹、說明事件、事物本身為目的。

說明文是一種實用文體,在日常生活中的使用相當廣泛。例如產品說明書、廣告文稿、劇情介紹、詞條等等,都是說明文。

說明文的類型

說明文在說明事件或事物的過程中,根據說明方式的不同,可大致分為以下幾種類型。

記述性說明文

例文

功夫茶

楊秋文

1　　據《潮州府志》記載，歷代潮汕人都有喝功夫茶的習俗，且茶葉也很出名。潮州市鳳凰山的一棵茶樹，至今已有一千餘年樹齡，高四丈，寬要三個人伸雙手才能合圍起來。收穫季節，能產六百多斤茶葉。山上大大小小的茶樹很多，故美其名曰「鳳凰茶」。這種茶具備色潤、味甘、醇香等特點，有「茶中之王」的雅稱。人們都以喝一口這種茶為快。

2　　說到喝茶，各個地方是大不一樣的。

3　　你若到海南作客，主人會端出一大瓷罐不知何時泡的冰涼的綠茶給你喝，看那色澤，聞那味道，你的心定會涼了半截；你若到北方作客，主人定會為你準備一大瓶熱茶，雖熱氣未盡，但色澤太淡，就像一瓶滲色的白開水。而新疆的牧民拿來款待客人的卻是奶茶……。

4　　潮汕人喜歡圍在一起喝功夫茶。功夫茶在「色、香、味、溫度」這幾方面是特別講究的。

5　　泡茶之前，先用開水把茶具燙一遍，這樣可以把殘留在茶具裏面的細菌殺死。然後在容積不到四立方厘米的茶壺裏擠上足足一點五兩的茶葉。這麼多的茶葉，才能保持色濃、味甘、醇香。泡茶的水要很燙，在茶壺裏至少要保持一分鐘，這樣，倒進茶杯裏的便是一種濃濃的、褐黑色的很釅的水。聞一聞，有一股無可言狀的醇香。送入口，初時有點苦澀，稍後，便是另一種味道──甘醇。這麼燙的茶水，潮汕人就是被燙出眼淚來，也要把它一口喝完。你可別見笑，這也是一種地地道道的習俗。還有一方面，沏茶時，開始出水很快，就以「烏龍戲水」美稱，以後是慢慢滴落，就以「蜻蜓點水」美言。

6　　潮汕人熱情好客，每逢家裏來了客人，便端出茶具，別的不說，先來一段「功夫茶」。嗑着瓜籽，或嚼着貴嶼勝餅，沉醉在茶的醇香裏，也別有一番情趣。如果一邊聽着潮汕音樂，那種感覺更是無法表達，用我們潮汕話說，便是「好死」。

7　　如果碰到男女結婚，女方要向夫家上輩人敬茶。茶水是甜的，叫「甜茶」。同樣，在供奉神靈的神龕裏，總可以找到用茶當祭品。

8　　茶在潮汕人的生活中至關重要，有「飯前飯後喝一杯，大人小孩走如飛」的民謠。

文章從潮汕的茶說到各地喝茶的特點，然後詳細介紹潮州「功夫茶」泡茶、喝茶、品茶的全部過程，以及「功夫茶」在潮汕人生活中的重要性。文章採用按事物發生的過程或本來面貌如實記載的方式，說明、介紹事物，故稱為記述性說明文。

描述性說明文

例文

動物長鬚有啥用
張有容

1　　許多動物長鬚，如陸上的貓、鼠、老虎等，水裏的蝦、水母、水螅及某些魚等。

2　　牠們長鬚有啥用？是年紀大，還是像俗話說的「老貓抖鬚逞威風」呢？

3　　原來，這些動物的鬚是觸覺器官之一。當貓要經過甚麼物體，或鑽入一個洞穴時，就用牠的鬚輕擦那物體和洞壁，以判斷能否過去（或進去）。老鼠用鬚更為巧妙，當牠對一些物體有疑慮時，往往先用鬚去觸碰，探察虛實。

> 4　　除了作觸覺器官外，有的動物的鬚還具有其他功能。如水母、水螅，牠們的細鬚長如絲，也用來「釣」取獵物。有些水母的長鬚在接觸獵物後，還能分泌毒液，麻醉獵物，使其束手就擒。

文章通過描述各種動物的鬚的特點與功能，說明動物長鬚的作用。這種具體描述事物特點、特徵的說明文，屬於描述性說明文。

闡釋性說明文

前面讀過的〈高枕豈能無憂〉(p.38) 的第 1 段，從以下四方面說明高枕對健康有害：

首先，高枕使頭部處於強迫屈曲位，影響頸椎穩定；其次，它增大椎動脈進入顱腔的曲折度，會引起供血不足；第三，它減小頸部和胸部的角度；第四，使胸背部肌肉長期緊張等。緊接著，第 2 段說明低枕同樣不利於人體健康。最後說明甚麼高度的枕頭最適宜人體生理健康。

像這種層層深入、步步遞進說明事物的表達方式的文章，稱為闡釋性說明文。〈最早的橋〉(p.31) 同樣屬於這類說明文。

應用性說明文

例文

鮮蜂王漿

> 1　　蜂王漿又名蜂乳，是工蜂從咽腺分泌出來餵蜂王和幼蟲的乳漿狀物質。它含有豐富的蛋白質、氨基酸、乙醯膽鹼、葡萄糖、多種維生素、多種酶、10-羥基癸烯酸和 R 物質等特殊營養成份。蜂王以此為食料，故其體形比工蜂大一倍，壽命長二十多倍。由此可見蜂王漿的神奇功效。
>
> 2　　臨床實踐證明，蜂王漿具有卓著的保健作用和廣泛的藥理作用。它能增強機體對物理性、化學性和生物性致病因素的抵抗力，增強機體的免

疫功能，促進組織再生修復，調整內分泌和代謝功能，改善重要器官的機能，具有抗菌、抑制腫瘤生長、養顏潤膚、延年益壽以及增強腦力、體力、耐力的作用。本鮮蜂王漿的採集、加工、儲存過程均在嚴格的科學管理下進行，保證純淨新鮮和保持原有豐富的營養成份，是不可多得的高級滋補品。

③　　適用對象：發育不良，精神萎靡，食慾不振，易感疲勞，神經衰弱，失眠。對病後、產後恢復健康、風濕性關節炎、類風濕性關節炎、腸胃潰瘍、肝炎、支氣管哮喘、糖尿病、高血壓、動脈硬化、更年期障礙等疾患均有良好療效。對健康者增強體質、增強腦力、體力、耐力有卓著功效。

④　　用法：鮮蜂王漿可直接用或加蜂蜜食用，每 100 克蜂蜜加鮮蜂王漿 4 至 10 克；也可加入白酒或葡萄酒飲服，每 100 克酒加鮮蜂王漿 2 克。直接含服效果最佳。宜早晚起床後或睡前服用。

⑤　　用量：日服量 1,000 毫克（即 1 克）左右。

⑥　　包裝：每瓶淨重 25,000 毫克或 50,000 毫克。

⑦　　儲存：鮮純蜂王漿要置於冰箱冰凍保存。加入蜂蜜或酒後可短期常溫保存。

這是一份產品說明書，是典型的應用性說明文。第 ① 段主要介紹蜂王漿的性質、成份；第 ② 段主要介紹鮮蜂王漿的作用；第 ③ 段說明產品的適用範圍；第 ④ 段介紹使用方法；第 ⑤ 段介紹食用量；第 ⑥ 段介紹包裝規格；第 ⑦ 段介紹儲存方法。

這一類說明文的形式較固定，條目較清晰，多見於廣告文稿及產品說明書。

說明文的結構

有條不紊、循序漸進是說明文結構的最大特點。具體的結構形式除了上文提及的幾種外，還有作為說明文本身獨有的結構形式。

時空更迭式

例文

書籍的變遷

① 史前時期，沒有文字，我們的祖先是用結繩記事的。原始公社末期，才逐漸出現了文字。

② 到了三千年前的商朝，有了最早的相當於書籍的實物——在甲骨上刻上文字的文獻。甲，就是龜的腹甲、背甲；骨，就是牛的肩胛骨。當時，用象形文字刻在甲骨上面，主要用以占卜，記載戰爭、打獵、求雨等事情。除了甲骨文的「書」，還有刻（或鑄）在青銅器上的「書」——金文和刻在石鼓上的「書」——石鼓文。

③ 我國正式的書是用竹片和木板做的，也出現在商代。就是把木或竹劈成薄片，在這上面寫字，木製的叫木簡，竹製的叫竹簡。每一冊書要用很多的簡，用絲繩或皮帶編結起來。這樣的書很笨重。據說秦始皇每天批閱的簡牘文書重達一百二十斤。西漢時，東方朔寫了一篇文章給漢武帝，共用竹簡三千根，要由兩個身強力壯的武士吃力地抬進宮廷去。春秋末年，人們把字寫在綢上面，叫帛書，可以捲起來。

④ 西漢時，我國已經發明了造紙術。到了東漢，蔡倫總結了前人造紙的經驗，改進了造紙的方法，造出了質量較高的紙，既輕巧又便宜。造紙術的發明，是我國對世界文化的一大貢獻。用紙做的書和帛書一樣，也是一卷一卷的，古時候叫卷子。

⑤ 用線裝訂的書，是在印刷術發明以後才出現的。雕版印刷的書大約出現在公元六到八世紀，現在發現最早的雕版印刷的書，是公元 868 年唐代刻的《金剛經》。到了公元十一世紀四十年代（宋仁宗慶曆年間，即公元 1041 至 1048 年），布衣畢昇又在杭州發明了活字印刷術。畢昇的發明比德國人古騰貝爾發明鉛活字印刷術大約早四百年。宋代的印刷術逐漸發展起來，當時刊印的書流傳至今的約有六百多種。

6　　到了近代，又有石印的書。現代主要是鉛印的書。由於印刷技術的突飛猛進，印刷的質量和速度都大大提高，遠非過去的雕版式活字可比了。據報道，目前世界上一年出版的文獻約五百萬篇，而且每年按百分之十的速度持續增長。科技期刊約四萬五千到五萬種；公開發表的論文約三百萬篇；專利文獻約二十五萬到三十萬件；研究報告約十萬件。出版這樣大量的文獻、圖書資料，儲存、保管方法就必須來一個革命。現在，許多國家已經有了顯微縮印膠卷，就是把圖書資料攝在膠卷上，閱讀時再用專門的閱讀機放大。有些國家已經實現了圖書資料儲存的電子化，就是通過統一編製的字碼表，把圖書內容譯成機器能識別的符號──機讀符號，儲存在電子計算機的磁帶、磁盤和磁鼓上，閱讀時通過輸出設備再譯成人能讀懂的文字，用靜電複印機印出來。一部大型電子計算機能儲存圖書資料數百萬冊甚至上千萬冊。同時，通過電子計算機網絡還能把全國圖書資料網連成一片。不久的將來，我國也一定要實現圖書資料儲存的電子化。那時候，圖書資料的儲存和使用比起今天來將會簡單方便得多。

上文以時間為線索，從遠到近，從古到今，介紹書籍的變化。

又如以下一篇文章：

例文

錦繡中華

1　　深圳「錦繡中華」是目前世界上面積最大、內容最豐富的實景微縮景區，佔地四百五十畝，分為景點區和綜合服務區兩部分。

2　　景點區中，近百處景點大致按中國區域版圖分佈，是中國自然風光與人文歷史精粹的縮影。這裏有名列世界八大奇迹的萬里長城、秦陵兵馬俑；有眾多世界之最：最古老的石拱橋、天文台、木塔（趙州橋、古觀星台、應縣木塔），最大的宮殿（故宮），最大佛像（樂山大佛），最長的石窟畫廊（敦煌莫高窟），海拔最高最宏偉的建築（布達拉宮），最奇景觀（石林），最奇山峰（黃山），最大瀑布之一（黃果樹瀑布）；有肅穆莊嚴的黃

帝陵、成吉思汗陵、明十三陵、中山陵，金碧輝煌的孔廟、天壇，雄偉壯觀的泰山，險峻挺拔的長江三峽，如詩似畫的灕江山水，有杭州西湖、蘇州園林等江南勝景，千姿百態，各具特色的名塔名寺名樓名窟以及具有民族風情的地方民居；此外，皇帝祭天、光緒大婚、孔廟祭典的場面與民間的婚喪嫁娶風俗盡呈眼前。總之，你可以在一天之內領略中華五千年歷史文化風采，暢遊大江南北錦繡河山。

3　　　綜合服務區汲取蘇州建築及園林藝術精華，並保留中國傳統商業街坊之特色。在這裏，有京川蘇粵幾大菜系及各地風味小吃，有民族歌舞，民間手工藝製作表演及反映中國秀麗山河的三百六十度全景環幕電影，更有琳琅滿目的手工藝品、古董、滋補藥品、名優特產以及富有「錦繡中華」特色的旅遊紀念品可供選購。

上面的文章，以空間變化為線索，通過各區的介紹，展現「錦繡中華」微縮景區的面貌。

這種以時間、空間的交替變化為線索的結構形式，為時空更迭式。

由表及裏式

例文

人的頭髮是怎麼回事
麗絲

1　　　頭髮屬於纖維質，是一種有生命的纖維質。長在頭皮裏的部分叫髮囊。

2　　　用肉眼觀察一根健康的頭髮，其表面黑而有光澤。然而，將它放在高倍電子顯微鏡下觀察，其表層排列着無數的鱗片，科學界稱之為鱗狀表層。這表層有較強的吸收功能，卻極易受到損害。

3　　　從生理上講，頭髮的生長所需的養分主要靠人體通過髮囊輸送到頭髮上。但這種養分是極有限的，在頭髮超過一定長度後，養分就顯得供不應

求了。通常，短髮生長較快，且髮質較為黑亮；頭髮越長，越靠近髮尾部分便顯得枯黃、易開叉。但無論多麼枯黃的頭髮，其靠近髮囊部分是比較黑亮而不太枯黃的。

4 　　　現代科學表明，頭髮的鱗狀表層，也像樹葉一樣，幫助其主體進行呼吸和吸收養分。尤其是蓄長髮者，其頭髮的鱗狀表層功能便顯得特別重要。但是，鱗狀表層所吸收的是一些特殊物質。隨着現代工業的不斷發展，人們生存環境中適合於鱗狀表層吸收的特殊物質在不斷減少。而當鱗狀表層受損害後，頭髮的吸收功能和吸收營養功能便會削弱或者消失。因此，在現實生活中，正確地護理頭髮是相當重要的。

文章首先介紹頭髮的外觀，然後介紹頭髮生長的生理特點。用的是由事物的外在表現寫到事物的內部特徵的結構，這就是由表及裏式。這種結構方式以人的認識規律為依據。如〈大足石刻〉一文（p.8），先介紹大足石刻的地理位置、整體數量，再介紹大足石刻的起源、藝術地位、藝術特點、藝術價值等，也屬於由表及裏式的結構。

先定義後特點式

例文

計劃閱讀法

計劃閱讀法　指按照合理的閱讀計劃，有步驟地閱讀有關書籍的方法。

制定合理的閱讀計劃，可以從以下幾個方面考慮。

　　（1）首先要選定學習的方向。明確了學習方向，才能決定學習的具體內容。計劃按學習方向展開，才能體現合理的程序。文、理、工、農、醫等學科，這是大方向；每個大方向下面又有小方向，例如，文科下面有哲學、歷史、經濟學、語言學，等等。選擇學習方向要有自己的主見，可結合自己的興趣、愛好、理想、社會的需要、自己的工作和生活實際、自己的能力等綜合考慮。

(2) 在選定了學習方向的基礎上，確定學習的內容，按內容的內在程序，確定閱讀的先後順序。循序漸進，是書本知識的內在邏輯，是人們認識發展的規律。任何一門學科都有它自身的嚴密系統，呈現由淺入深、由簡到繁、由易到難、由點到面的階段性和連貫性，前一內容是後一內容的基礎，後一內容是前一內容的發展。因此，按學科的階段性和連貫性安排讀書，才能獲得系統的而不是雜亂的，完整的而不是片面的知識。循序漸進是制定合理的閱讀計劃的原則，是計劃閱讀法的核心。

(3) 計劃上應列出具體的閱讀書目。列閱讀書目，可參考有關的書評，可瀏覽有關書籍的「目錄」、「前言」(或「序」)、「後記」(或「跋」)，以及「內容提要」、「附錄」，等等，也可請教有經驗的人。書目要選好，最好選有定評的或者是基本上被公認的書。書目列好後，應按循序漸進法閱讀。所列書目，不一定篇篇精讀。哪些書應精讀，哪些書應略讀，哪些書應全讀，哪些書應節讀，應當心中有數，最好在計劃上註明。在閱讀時用嚴格的計劃指導學習，用理智糾正無謂的好奇心。

(4) 計劃要體現出時間程序，合理安排閱讀的時間。閱讀時間要切實可行，這樣才便於計劃的執行。時間也不能限制得太死，可以有一定的靈活性，定得太死，或者是行不通，或者實行不久便與實際情況發生矛盾，以致妨礙計劃的實現。所以定計劃時要留有迴旋的餘地，不僅要考慮閱讀學習計劃本身，還應考慮此項活動與生活中其他活動是否協調。

(5) 計劃要有重點，最好是一個中心。計劃過於龐大或者多科並進，平均使用力量，都是沒有好處的。

合理的閱讀計劃定好後，應當照着計劃去做，不應廢弛，還應隨時檢查計劃的執行情況，發現缺點，及時糾正。科學地制定計劃，嚴格按照計劃學習，靈活地處理執行計劃時出現的問題，計劃閱讀法才能收到好的效果。

這是一條詞條，也是一篇獨立的文章。首先明確介紹計劃閱讀法的定義，然後介紹制定這種計劃的要點，實行這種計劃的要求。這種結構，層次清晰，概念明確，多用於產品說明書、詞條等。〈鮮蜂王漿〉一文 (p.57) 採用的也是這種結構模式。

說明文廣泛應用於社會生活的各個方面，因說明的內容和目的不同，其結構形式也相異，除上述幾種外，說明文的結構還可分出許多細小的類型，但基本上是以上概括的三類。此外，在一篇文章裏，有時不僅只有一種結構。這便需要同學在閱讀時把握好全文的主體結構，抓住重點，以助理解。

說明文的題目與主題

從前面介紹過的十多篇說明文中，不難發現，說明文的主題，往往就在文章的題目中表明。例如〈最早的橋〉、〈用影碟教學〉、〈功夫茶〉、〈書籍的變遷〉、〈鮮蜂王漿〉、〈錦繡中華〉、〈計劃閱讀法〉等等。這是由說明文的說明性質決定的。說明文用於說明事物或事件的性質、特徵、功能、作用、過程，目的是讓讀者知道某一事件或事物，因而必須一開始便使讀者知道說明的對象是甚麼。即使有些說明文採用設問式的題目，也是就說明的對象、內容而問的，例如〈動物長鬚有啥用〉、〈人的頭髮是怎麼回事〉等等。

以上介紹了說明文的特質、類型、結構和主題的表現，同學對說明文應有基本的了解。懂得說明文的特質，便可以清楚地區分文體。了解說明文的各種類型，便可以知道文章的表達方法。掌握了結構方式，即抓住了文章的線索，順着線索，便可準確領會文章的內容。

由於說明文在現實生活中應用廣泛，同學掌握說明文的閱讀技巧，不僅可獲取更多知識，在日常生活中更受益無窮。

練習 三

細閱下文，然後回答所附問題。

海南島美食
鄭友俏

1　　海南島不但風光綺麗，美不勝收，而且風味小吃也別具一格，令人回味無窮。

2　　海南的著名風味，首推三大風味名菜──文昌雞、嘉積鴨、東山羊。

3　　著名特產文昌雞因產於文昌縣而得名。文昌雞主要用科學的配料和獨特的飼養方式精心餵養而成。當地雞長到一定的程度後就一直圈養三到四個月，填餵以椰絲、玉米、花生麥、黃豆、骨粉、番薯、米糖、魚類等混和拌勻的飼料，就可出籠備用。當地人食法一般為白切文昌雞，還有椰奶炒雞、椰奶炖雞、炒雞球等，食法較多。這種雞有皮脆、骨軟、肉嫩、味美、肥而不膩的特點。

4　　嘉積鎮在萬泉河畔，有「海南第二城」之稱，係瓊海縣城所在地。當地的嘉積鴨，體大骨軟，肉脆肥厚，皮肉之間夾一層特別香美的脂肪，堪稱「寶島佳餚」。

5　　東山羊產於萬寧縣旅遊勝地──有「海南第一山」美稱的東山嶺。這裏的羊就得名「東山羊」。東山嶺有長流不斷、清澈甘甜的山泉；嶺上野生的「鷓鴣茶」葉嫩而含有多種維生素。東山羊以鮮嫩的鷓鴣茶葉為食，常飲含有多種礦物質的山泉水，抗病力很強。東山羊皮薄脯厚，肉嫩湯白，最大特點是沒有膻味。其傳統食法有煮、煲、涮、白切、紅燜、藥炖等多種。

一、海南島三大風味名菜是：

＿＿＿＿＿＿＿＿ 、 ＿＿＿＿＿＿＿＿ 、 ＿＿＿＿＿＿＿＿ 。

二、海南島三大風味名菜的特點分別是：

＿＿＿＿＿＿＿＿ ： ＿＿＿＿＿＿＿＿＿＿＿＿＿＿＿＿＿＿

＿＿＿＿＿＿＿＿＿＿＿＿＿＿＿＿＿＿＿＿＿＿＿＿＿＿＿＿

＿＿＿＿＿＿＿＿ ： ＿＿＿＿＿＿＿＿＿＿＿＿＿＿＿＿＿＿

＿＿＿＿＿＿＿＿＿＿＿＿＿＿＿＿＿＿＿＿＿＿＿＿＿＿＿＿

＿＿＿＿＿＿＿＿ ： ＿＿＿＿＿＿＿＿＿＿＿＿＿＿＿＿＿＿

＿＿＿＿＿＿＿＿＿＿＿＿＿＿＿＿＿＿＿＿＿＿＿＿＿＿＿＿

三、第 ③ 段寫到「文昌雞主要用科學的配料和獨特的飼養方式精
　　心飼養而成」。試從文中找出「科學配料」、「獨特的飼養方
　　式」的文字。

　　1. 科學配料：＿＿＿＿＿＿＿＿＿＿＿＿＿＿＿＿＿＿＿

　　＿＿＿＿＿＿＿＿＿＿＿＿＿＿＿＿＿＿＿＿＿＿＿＿＿＿＿

　　2. 獨特的飼養方式：＿＿＿＿＿＿＿＿＿＿＿＿＿＿＿＿＿

　　＿＿＿＿＿＿＿＿＿＿＿＿＿＿＿＿＿＿＿＿＿＿＿＿＿＿＿

　　＿＿＿＿＿＿＿＿＿＿＿＿＿＿＿＿＿＿＿＿＿＿＿＿＿＿＿

② 縱橫捭闔觀點鮮明──議論文閱讀技巧

議論文的特點

我們先來讀一讀〈勤〉這篇文章：

例文

勤

1　勤，勞也。無論勞心勞力，竭盡所能亹亹從事，就叫做勤。各行各業，凡是勤奮不怠者必定有所成就，出人頭地。即使是出家的和尚，息跡巖穴，徜徉於山水之間，勘破紅塵，與世無爭，他們也有一番精進的功夫要做，於讀經禮拜之外還要勤行善法不自放逸。且舉兩個實例：

2　一個是唐朝開元間的百丈懷海禪師，親近馬祖時得傳心印，精勤不休。他制定了「百丈清規」，他自己篤實奉行，「一日不作，一日不食。」一面修行，一面勞作。「出坡」的時候，他躬先領導以為表率。他到了暮年仍然照常操作，弟子們於心不忍，偷偷的把他的農作工具藏匿起來。禪師找不到工具，那一天沒有工作，但是那一天他也就真個的沒有吃東西。他的刻苦的精神感動了不少的人。

3　另一個是清初的以山水畫著名的石谿和尚。請看他自題〈溪山無盡圖〉：「大凡天地生人，宜清勤自持，不可懶惰。若當得個懶字，便是懶漢，終無用處。……殘衲住牛首山房，朝夕焚誦，稍餘一刻，必登山選勝，一有所得，隨筆作山水數幅或字一段，總之不放閒過。所謂靜生動，動必作出一番事業。端教一個人立於天地間無愧。若忽忽不知，懶而不覺，何異草木？」人而不勤，無異草木，這句話沉痛極了。過飽食終日無所用心的生活，英文叫做 vegetate，義為過植物的生活。中外的想法不謀而合。

4　　　勤的反面是懶。早晨躺在床上睡懶覺，起得床來仍是懶洋洋的不事整潔，能拖到明天做的事今天不做，能推給別人做的事自己不做，不懂的事情不想懂，不會做的事不想學，無意把事情做得更好，無意把成果擴展得更多，耽好逸樂，四體不勤，念念不忘的是如何過週末如何度假期。這就是一個標準懶漢的寫照。

5　　　惡勞好逸，人之常情。就因為這是人之常情，人才需要鞭策自己。勤能補拙，勤能損懲，這還是消極的說法，勤的積極意義是要人進德修業，不但不同於草木，也有異於禽獸，成為名副其實的萬物之靈。

在這篇文章裏，作者提出一個觀點：「凡是勤奮不怠者必定有所成就。」然後，通過描述兩個成功人士的事例，證明這個觀點。這就是議論文的特點：提出觀點，然後用種種事實、材料作論據，論證觀點成立。

議論文的論證方式

用事實、材料證明觀點的方式方法有許多，常見的有以下這些。

引證式

例文

今

李大釗

1　　　我以為世間最可寶貴的就是「今」，最易喪失的也是「今」。因為他最容易喪失，所以更覺得他可以寶貴。

2　　　為甚麼「今」最可寶貴呢？最好借哲人耶曼孫所說的話答這個問題：「爾若愛千古，爾當愛現在。昨日不能喚回來，明天還不確實，爾能確有把握的就是今日。今日一天，當明日兩天。」

3　　為甚麼「今」最易喪失呢？因為宇宙大化，刻刻流轉，絕不停留。時間這個東西，也不因為吾人貴他愛他稍稍在人間留戀。試問吾人說「今」說「現在」，茫茫百千萬劫，究竟哪一剎那是吾人的「今」，是吾人的「現在」呢？剛剛說他是「今」是「現在」，他早已風馳電掣的一般，已成「過去」了。吾人若要糊糊塗塗把他丟掉，豈不可惜！

4　　有的哲學家說，時間但有「過去」與「未來」，並無「現在」。有的又說，「過去」、「未來」皆是「現在」。我認為「過去未來皆是現在」的話倒有些道理。因為「現在」就是所有「過去」流入的世界，換句話說，所有「過去」都埋沒於「現在」的裏邊。故一時代的思潮，不是單純在這個時代所能憑空成立的。不曉得有幾多「過去」時代的思潮，差不多可以說是由所有「過去」時代的思潮一一湊合而成的。吾人投一石子於時代潮流裏面，所激起的波瀾聲響，都向永遠流動傳播，不能消滅。屈原的〈離騷〉，永遠使人人感泣。打擊林肯頭顱的槍聲，呼應於永遠的時間與空間。一時代的變動，絕不消失，仍遺留於次一時代，這樣傳演，至於無窮，在世界中有一貫相連的永遠性。昨日的事件和今日的事件，合構成整個複雜事件。此數個複雜事件與明日的數個複雜事件，更合構成整個複雜事件。勢力結合事例。問題牽問題。無限的「過去」都以「現在」為歸宿，無限的「未來」都以「現在」為淵源。

5　　「過去」、「未來」的中間全仗有「現在」以成其連續，以成其永遠，以成其無始無終的大實在。一擊現在的鈴，無限的過去未來皆遙相呼應。這就是過去未來皆是現在的道理。這就是「今」最可寶貴的道理。

　　這篇文章在論證「今是最可寶貴的」這個觀點時，主要論據是哲人耶曼孫的話和其他哲學家的話，從引用別人的話中引申、展開分析、論證自己提出的觀點。這種方式稱為引證式。所引證的事實、觀點，一般都是公眾認同的。

例證式

所謂例證式，指的是用已被承認的事實，已成現實的事例，去論證觀點是成立的。看看下面一篇文章：

例文

讀書要耐得住寂寞
書生

1 　作為一個讀書人，要想做大學問、成大氣候，除本身的天資、才能、毅力、勤奮、識見等因素外，甘於淡漠，耐得寂寞，則是不可或缺的重要條件。正所謂：板凳要坐十年冷。

2 　讀書需要全身心地投入，在浩瀚的書海中尋覓、汲取、融會、貫通，將別人的東西拿來為己所用。甚至像苦行僧一樣將所追求的事業視為一種信仰、理想和希望，進而產生迷戀、傾倒，以至終生不渝。錢鍾書先生就是耐得清貧、深明寂寞之道的大學者，他為讀書人做出了榜樣。幾十年來他沉下一顆心，甘坐冷板凳，閉門讀書，謝絕見客，連外國人也不例外。現在許多人一說起「錢學」，真是充滿了景仰之情。他之所以取得這樣的成就，除家學、天資、師承、勤奮外，耐得寂寞、甘於淡泊是其中最重要的一條。古人說得好：「聖人韜光、賢人遁世。」他不顯山、不露水、不圖名、不圖利，一輩子姓錢而視金錢如糞土，視功名如過眼煙雲。他一生只問耕耘，不問收穫，結果卻出人意外，刻苦攻讀使他譽滿天下，名傳中外，赫然成一大名家。這真是不求名利而名利自在，達到了讀書人的最高境界。

3 　其實，說穿了，寂寞在這裏只不過是一種形式上的表現。會讀書的人不會感到寂寞的，不會讀書的人才會感到寂寞和無聊。讀書人讀書，有時可以說是思接千古，神入八荒，雲遊天地之外的高級思維活動。書房無論大小，總是自己的王國和領地。飲茶書窗下，悠然見前賢，正是這種讀書生活的最好寫照。在這裏，你可以和孔子、孟子、孫子對話，可以和秦皇漢武、唐宗宋祖攀談，可以和魯迅、沈從文、老舍議論，也可以

> 向馬克思、孫中山、毛澤東請教。也許，你還會和他們進行熱烈的爭辯。
> 在這裏，你成了這片土地的國王，你可以如痴如醉地進行探索、思考、創
> 新。這是只屬於你自己的世界，你的港灣，你的佛地，你的樂園，哪還有
> 寂寞可言？實際上，這時的讀書人已進入高層次的「靜」和思維的意境中。
> 這是一種把單調、乏味的生活，索然、平凡的生命，變成一種充滿活力、
> 充滿真實內在真理的境界。對於讀書人來說，這大概應當是最高境界了吧。

文章提出了「讀書人要做大學問、成大氣候，甘於淡漠，耐得寂寞是重要的
條件」的觀點。

作者在論證這個觀點時，以錢鍾書先生為例。錢鍾書先生不顯山、不露水、
不圖名、不圖利，閉門讀書，結果成了譽滿天下、名傳中外的大學問家，「錢
學」成為令人景仰的學問。這例子，成為重要的論據之一。

再有如〈勤〉一文（p.67）。以唐代百丈懷海禪師「一日不作，一日不食」的例
子，和清代著名山水畫家石谿和尚「總之不放閒過」的例子，證明要有所成
就、出人頭地必定要勤奮的觀點。

再有如〈做弱者是智慧〉(p.27)、〈巡堤者的眼睛〉(p.43) 等文章，都運用了
舉例論證的方式。

反證式

指出錯誤的觀點，然後用事實證明它是錯的，最後提出正確的觀點；或者提
出正確觀點，再用事實證明它的反面是錯的，這種論證方式就是反證式。

例文

無知和有知

1　　蘇格拉底有一著名的格言：「我只知道我的一無所知。」粗看起來這
　　是句極為謙虛和智慧的話，它嘲笑了有知者的淺薄狂妄，同時也把人的認
　　識放在一個恰當的位置上。不過我仍然懷有去除不了的疑問，我的疑問是

這樣的:一個一無所知的人怎麼能知道自己的一無所知呢?如果他知道自己的知識實際上依然是一種無知,那麼他肯定知道這無知的知識和真實的知識有距離,而這恰恰表明他還是知道甚麼是真實知識,要不然他怎麼會斷定自己的知識為無知呢?

[2] 因此我的結論是:人永遠只知道自己的知,卻永遠不知道自己的不知。或者說,甚麼時候他知道了自己的無知,他的知也就開始了。無知是不可能被揭發的,因為無知一經揭發就成為一種知識。一個只知道自己一無所知的人,其實是最大的知者。所以,蘇格拉底的話與其說是表示出謙虛,不如說是表示出絕對的狂妄。

[3] 接下來的另一個結論是:無知和有知是不可能構成衝突的,正如無和有不可能構成衝突一樣。在這世界上,唯有各種知識之間的衝突是不可避免的。當愚昧無知成為一種力量的時候,它肯定是以一種知的面目(儘管是一種偽知)出現的。

[4] 一切進步,均為知對知的挑戰與超越。在這個意義上,我們不妨修改一下蘇格拉底的那句話:「雖然我的知有可能為錯,但我仍只知道我之所知;我永遠不知道我是否一無所知!」

文章首先提出蘇格拉底的格言:「我只知道我的一無所知。」根據它本身的矛盾意義,反駁它的不合理:無知的人怎麼會知道自己的無知呢?然後分析,認識到無知的人其實就是知。又進一步分析有知和無知並不構成衝突,最後得出作者的觀點:「我仍只知道我之所知;我永遠不知道我是否一無所知!」

反證式的論證方法,其證明錯誤的過程,也就是證明正確的過程。〈高枕豈能無憂〉一文(p.38),也是採用反證式去論證。本文是對論點本身的不合理加以反駁,〈高枕豈能無憂〉則是以客觀事實為依據,證實高枕無憂的錯誤。還有一些文章側重駁斥支持錯誤論點的材料不正確,從而駁倒錯誤論點;有的則論證錯誤論點的論證過程是錯誤的,從而反駁錯誤論點。

此外,又有一些文章在提出正確的論點後,擺出與論點相對立的材料並證明它是錯的,從而反過來證明論點的正確。這是反證法的另一種表現。

例文

「文人尖刻」閒話
西坡

1　　文人的能耐，差不多就在於會搖幾下筆桿。因為一代文宗袁子才說過「為人貴直，為文貴曲」的話，大家覺得有道理，遇見不入眼的，明明肚裏要罵娘，卻不肯大白話直筆說出。於是，落在紙面上，只能寫點「不三不四」的文章，發些「不陰不陽」的議論。不想，竟得着了「文人尖刻」的徽號。沈歸愚選詩，講究的是「溫柔敦厚」，結果把詩家的棱棱角角磨了個淨盡。對他這種做法，搖頭的就不在少數。如把話說絕了，不尖刻的文人是沒有的。它不為文人所專擅，卻是文人的特質之一。放大些，是話含機鋒；再大些，是心有睿智。不過這有條件：心要正；有界限：莫名的村罵和無聊的挖苦，不是「文人的尖刻」，而是虛妄，不在此例。

2　　華盛頓·歐文算是美國文學之父的，有了這資格，他對新進士就不大客氣，寒磣得厲害，可見之於他的《旅行述異·文家生活》，不妨抄一段：

3　　「酒罷，別趨一室，飲咖啡。其中尚有餘人不與席而但啜茗者。此等人蓋能為小書，以藍布作書帙者是也。其人一見股東，則肅然如敬父兄，而又盡禮於股東之夫人，且親近其孺子。然此尚有膽幹者，若猬懦之人，則合三數人擠立屋隅，或側身偷眼翻琴台之譜，數頁即止。而案上談吐生風者，仍為二首座之人。此二人即坐股東夫人之左右，語語承迎夫人，道夫人懿美。……」

4　　這裏的「股東」，即現在所謂的「出版商」。翻譯者林琴南是不通外國語文的，是否添油加醋就不知道了，也懶得查原著。妙在他的一句批語：「天下亦斷不能無此種人也，無此種人以點綴，則亦不成其為世界。」點綴誰？是功成名就的歐文，還是稿酬累萬的林琴南？飢溺不能關心，倒過來還加以嘲諷，歐、林兩氏實際上並不能「尖刻」，而是無聊。

5　　在新文化運動中，胡適是很出風頭的。老派的章士釗酸溜溜地影射胡有「領袖慾」。胡還其一矢，說章「不甘心落魄」「立志要做落伍者的首

領」，所以要反對新文化。這種缺少風度的針芒相向，似乎離「尖刻」遠，離「對罵」近，不可取。

6　　説到可取，現成就有一例。「狂飆社」中堅高長虹對許廣平患着單相思，不成，遷怒於魯迅：「我對於魯迅先生曾獻過最大的讓步，不只是思想上，而且是生活上。」惡意攻擊使魯迅終於揮起如椽之筆道：「因為他是天才而且是革命家，許多女性都渴仰到五體投地。他只要説『來！』便都飛奔過去了，你的當然也在內。但他不説『來！』所以你得有現在的愛人，那自然也是他賞賜你的。」高受此一擊，便無地自容。説魯迅這話不尖刻，是為尊者諱，沒道理。話還得説回來像這樣的絕活，是只有高智商的文人才能辦的。

7　　真的，「文人尖刻」也很不容易咧。

作者認為，文人尖刻是「話含機鋒」。「莫名的村罵和無聊的挖苦，不是『文人的尖刻』」。在論證中，作者描述了兩個不能算作尖刻的例子，從反面證明了文人尖刻應是話含機鋒。

類比式

將兩種有相似特點的事物加以比較，例如證實甲事物以論證乙事物是成立的，這便叫做類比式的論證方法。

例文

求知如採金
〔英〕約翰・羅斯金

1　　須知，獲得知識就如同獲得金子這種珍貴物質一樣，也是需要聰明才慧的。

2　　有這樣一種看法，無論是你還是我，都是無從解釋的，即大地為甚麼不產生一種巨大的力量，把所有蘊藏在地層下的黃金都統統集中到一個山

頭上去呢？這樣一來，王公貴族也好，平民布衣也好，不是一下子就可以知道黃金的所在，並能無所顧忌地去進行開採了嗎？或者憑藉一種熱望，或者依仗一次良機，或者花費無數時光，誰都可以吹盡狂沙拾到金，還可以用所得的黃金隨心所欲地濫造金幣。但大自然偏偏要我行我素，她總是把這種珍貴的金屬小心翼翼地分藏在地層下的細縫狹隙之中，使誰都無法知道。你可以憑一時的熱情猛挖一陣，但將兩手空空。而只有當你歷盡艱苦開採不息的時候，興許有可能挖到芝麻大的那樣一點。

3　　這與獲取知識的情形又是何其相似乃爾。當你捧着一本好書的時候，你應當捫心自問：「我該不該像一個澳大利亞礦工那樣工作呢？我的尖鎬利鏟都隨身帶好了嗎？我的準備工作都無懈可擊了嗎？我的衣袖是不是挽得高高的？我的勁兒是不是鼓得足足的？我的膽兒是不是練得壯壯的？」請你永遠保持這種英勇無畏的礦工精神吧，儘管這意味着艱難困苦，但功夫豈負苦心人？你夢寐以求的黃金就是作者在書中所表達的那種深刻的思想和他那淵博的學識，他書中的詞語就是含金的礦石，你只有將它們打碎並加以熔煉，才有可能化石為金。你的尖鎬利鏟則代表着嚴謹、勤奮和鑽研，而你的熔爐就是你那善於思索的大腦。如果以為沒有這些工具，沒有這種熱情，就可以叩開出類拔萃的作者那扇智慧大門的話，那就純粹只是一種痴心妄想罷了。而只有當你堅持不懈地進行艱苦卓絕的開採和經久不息的冶煉時，你才有可能獲得一顆光彩奪目的金珠。

文章將獲取知識的過程與採金的過程互相比較，認為求知就像採金一樣。然後論述採金需要人的聰明才慧，從而論證求知同樣需要人的聰明才慧。

作類比的，往往側重於事物某一方面相似的特點。例如上文將求知與採金類比，側重的是知識和金子都難獲取的特點。

議論文的程式

議論文的結構有一個基本的程式，就是提出問題，分析問題，解決問題。

提出問題

在我們已讀過的議論文中，不難發現，議論文一開始，總要提出一個問題。提出問題的方式各有不同。有的是直截了當的提出，例如〈勤〉(p.67)、〈今〉(p.68)等；有的是借反駁別人的觀點而提出，例如〈高枕豈能無憂〉(p.38)、〈無知和有知〉(p.71)等；有的則是借提問、設問提出，例如〈知識對道德的影響〉(p.24)，以及下面的這一篇：

例文

電腦是否影響健康
馮文

1　使用電腦是否對健康有害呢？最初，這問題的焦點在於電腦所發出的輻射。有說，電腦顯示器的磁電輻射對人體有害，孕婦特別不宜。但正反雙方爭論很久，各地政府和科研機關所採取的立場不同。據說北歐非常嚴格，但那似乎只是政治立場而已，並不代表他們了解這問題最多。又有研究指出，磁電輻射雖出自電腦顯示器，卻並非以正前方為最，而是在左右兩側為強。就是說，如果你在使用電腦，那麼在你旁邊的同事或家人可能受害最大。這發現很驚人，據稱，美國一些辦公室人員立即要求「調位」。最終而言，我的立場是，電腦輻射是一個無藥可救的問題，現時電腦使用已極為普遍。電腦跟香煙不同，香煙可以禁止，但不可能禁止使用電腦。令廠商降低某些輻射的能量或方向，是一個辦法，但必先弄清楚對人有害的是甚麼能量，否則，只是自欺欺人。電腦健康問題出現後，出現很多防輻射的屏幕，大概是跟早年用在電視機上的類似，但沒有甚麼實際效果。

2　有一點倒是真的，就是這些套在顯示器上的屏幕，對減低反光有點功效，因為電腦顯示器的表面，很可能反射用者背後的光線，用者因此而感眼睛不適，這是對用者健康不利的。

3　另一類似的問題，是電腦鍵盤對手腕的壞影響。因為如果長期使用，而且位置不良，電腦操作人員手腕受傷的情況也很常見。這類問題，跟輻射完全是兩回事，但傷害是很直接的。

<blockquote>
4　　　這類損傷健康的問題，反而很有可能出現。例如上述的防反光屏幕。最近美國流行一種鍵盤墊，將一條軟膠模放在鍵盤之前，用者的雙手托在其上，手腕的摺曲角度因此可減小，手腕受傷便可減輕了。有的把這跟滑鼠的膠墊連起來，右邊是給滑鼠用，前面是鍵盤用的健康墊。常使用滑鼠也可令肩部受傷，特別是如果桌子不夠大，手肘在半空，日久肩部便痠痛。解決方法是用一張較大的桌子，把手肘和前臂放在桌上。
</blockquote>

上面的文章一開始就提出了一個問題：電腦是否影響健康？其實，問題的提出，意味着作者要對該問題發表個人見解。所以説，議論文最大的特點便是觀點鮮明。

分析問題

提出問題後，便要對問題展開分析。繼續以上文為例。作者在提出問題後，首先分析為甚麼會提出這問題：有人提出了電腦輻射影響健康，針對這問題採取的措施沒有甚麼實際效果。再進一步，分析到底電腦對人體健康有哪方面的影響。

解決問題

分析問題後，必然結果是提出解決問題的看法。就如上文，作者在分析其提出的問題後，指出電腦對人體健康的確是有影響的，影響表現在：一，電腦屏幕會令使用者的眼睛感到不適；二，電腦鍵盤對使用者的手腕有壞影響。

於議論文的結構中完成這個最後的程式，也就等於論證結束。至此，提出的問題得以解決，作者的觀點最終也得到證明。

閱讀議論文應注意的問題

第一，理清頭緒，正確把握中心論點。

閱讀議論文最重要的是必須準確地掌握文章的中心論點。論點弄錯了，則必定不能正確理解文章。

例如在〈勤〉一文中（p.67），第 1 段有兩個句子：

無論勞心勞力，竭盡所能黽勉從事，就叫做勤。

各行各業，凡是勤奮不怠者必定有所成就，出人頭地。

如何判斷哪一個句子是文章的中心論點呢？同學分析文章的論據和論證方式便可得知，這篇題為「勤」的文章，並不是要證明甚麼是勤。文章通過定義「勤」的內涵，通過記述兩個有成就的人的勤勉事例，通過對「勤」的反面——「懶」——的描述，證明勤奮不怠者必定有所成就，出人頭地。這就是該文的中心論點。

在閱讀議論文時，同學要特別注意論據的方向、論證圍繞的中心，理清了頭緒，便不難把握中心論點了。

第二，揪住分析問題的線索。

議論文的結構程式中，最重要的是分析問題的部分，抓住了分析問題的線索，也就抓住了理解文章的關鍵。

例如〈今〉一文（p.68），作者分析問題時，第一，借用名人講過的話，說明「今」的寶貴；第二，通過分析「今」最易喪失，說明其寶貴；第三，通過分析「過去未來皆是現在」，說明「今」最可寶貴。作者乃從三個不同的角度分析這個問題，這條線索是橫向並列式的，抓住了這條線索，理解中心論點便不困難了。

再有如以下題為「師生之間」的文章。作者先解釋「學而不厭」和「誨人不倦」，然後分析為甚麼會產生「厭」學和「倦」教的現象，最後提出解決問題

的辦法，就是「學而不厭，誨人不倦」。其分析問題用的是層層深入，不斷遞進的縱向線索。

例文

師生之間
繁星

1　　對教師和學生，我們的古人有個理想的標準：「學而不厭，誨人不倦。」學而不厭的就是好學生，誨人不倦的就是好教師。

2　　甚麼是「學而不厭」？厭就是飽和足的意思。學習不能自以為學夠了；自滿自足，是學習的大敵。「學不可以已」，學問是沒有止境的，剛入門，甚至還沒有真正入門，就以為學得夠多了，就不把老師看在眼裏，那就會甚麼都學不到手。

3　　甚麼是「誨人不倦」？倦是疲勞、厭倦的意思。教人的人要有耐心，不怕疲勞，教不懂的繼續教，想盡方法教，直到受教的人懂得為止。這就叫「誨人不倦」。

4　　「不厭」是學生們的美德，「不倦」是教師們的美德。這兩種美德的反面，是學而厭，教而倦。我們要提倡「學不厭」、「教不倦」的美德，正是因為有人一學就厭，一教即倦。

5　　為甚麼一學即厭，一教即倦？可以有各種原因。但是最根本的一條原因，只能從學的人或教的人自己身上去找。

6　　例如學的人為甚麼發生「厭」，為甚麼不願意學下去？無非是兩方面：自己不想學，學不好，這是一方面；人家不肯教，教不好，或者自己認為人家教不好，這是另一方面。有前一方面問題的人，也往往只歸咎於後一方面；事實上卻不然，所謂人家教得不好，正是因為自己不虛心學習的結果。一句話歸總：學而厭的人不能怪別人，只能怪自己。

7　　教的人為甚麼「倦」呢？教人本來是件好事，把自己所知的教給別人，不但是一種責任，也是一種光榮；得天下英才而教之，一樂也，是愉快而幸福的事情，為甚麼感覺勞苦、發生厭倦呢？原因也無非是兩方面：一方面是學生不受教，不肯學，或者學不好；另一方面是自己教起來困難，吃力而不討好。也往往同學生們一樣，把自己方面的原因歸咎於別人方面，怪學生學不好，不好好學，不尊重老師，所以「誨人不倦」這種美德，單是自己一方面就無能為力，實現不了。

8　　不能不承認：天下的青年人，確實有那麼一些經驗和覺悟都很不夠的，又偏偏不肯努力學習；教師之中也確實有教學經驗不足，或者教非所長，教而不能令人滿意的。這兩種人碰在一起，問題怎麼解決呢？解決之法，既不能是學而厭和教而倦，更不能只歸罪於別人，而不反求諸己。學的人得問問自己：努力學過沒有？教的人也得問問自己：是不是盡力教了？只要兩方面都這樣反躬一問，事情立刻可以解決一半。

9　　努力學同盡力教，就是「學而不厭，誨人不倦」。

練習 四

細閱下文，然後回答所附問題。

不要「加工」
魏信德

[1] 　「加工」，即「把原料製成成品或半成品的各種工作，有時也指把成品再加工，使其更加精美」。如果把大自然賜予我們的錦繡河山，洞天福地，一景一物也比作「原料」的話，那麼，我則主張不要「加工」，或者說少點「加工」，即使「加工」，也當慎之又慎。

[2] 　天地萬物之靈的人，儘管有巧奪天工的智慧，但在大自然的創造神力面前卻是笨拙的。世界上任何人造的傑作，恐怕都無法與自然生成的作品媲美。不久前，筆者身臨山水甲天下的桂林，在灕江的遊船上，面對兩岸如夢如幻的萬千佳景，深為大自然造物的神工所折服。我想，倘若集全世界之能工巧匠也創造不出第二個桂林山水。正因為如此，對於大自然慷慨賦予我們的「原料」還是「原封不動」的好，還是不「加工」的好。要知道，「原料」就這麼多（包括發現的和未發現的），「失」去了不再來，即「加工」之後再難恢復原貌。當然，人的智慧也可以「化腐朽為神奇」，即把原本粗糙的、原始的「原料」加工成精美的「成品」，使其更具魅力。然而，人的局限性也往往會弄巧成拙，把原本極美妙的「原料」錯誤地看作「粗糙」，當作「腐朽」來「加工」，從而破壞自然的美，原始的美，樸素的美，淳真的美。如浙江樂清雁蕩山的三折瀑，在我的眼裏，沒有「加工」過的上折瀑就比「加工」過的中折瀑美得多，也更令人浮想聯翩。景如人，天然去雕飾的自然美，無疑比濃妝豔抹更迷人、更可愛。

3 不要「加工」，就是要盡量保持大自然的原貌，保持大自然
賦予我們的每一處作品的本色。但並非不要建設與之配套的設
施，如道路的開通，外圍樓閣亭橋的建築，環境花草、樹木的種
植……當然，這些「加工」也當盡量與自然景觀融為一體。如果
與大自然的作品格格不入，顯然是畫蛇添足，破壞了整體的、和
諧的、統一的美。

一、根據文章內容，判斷下面的句子：

	正確	錯誤	無從判斷
1. 不要「加工」，就是不要在大自然建設任何設施。	○	○	○
2. 不要「加工」，但是可以對景觀進行修繕。	○	○	○
3. 不要「加工」，就是盡量保持景觀的本色。	○	○	○

二、作者在文中從哪兩方面說明「對自然景觀不要加工」？

第一方面：＿＿＿＿＿＿＿＿＿＿＿＿＿＿＿＿＿＿＿＿＿＿

第二方面：＿＿＿＿＿＿＿＿＿＿＿＿＿＿＿＿＿＿＿＿＿＿

三、為甚麼文章的題目「加工」兩字用了引號？試根據文章內容分析。

＿＿＿＿＿＿＿＿＿＿＿＿＿＿＿＿＿＿＿＿＿＿＿＿＿＿＿

＿＿＿＿＿＿＿＿＿＿＿＿＿＿＿＿＿＿＿＿＿＿＿＿＿＿＿

③ 百川歸流水到渠成——散文閱讀技巧

散文的類型

抒情散文

例文

春

朱自清

1　盼望着，盼望着，東風來了，春天的腳步近了。

2　一切都像剛睡醒的樣子，欣欣然張開了眼。山朗潤起來了，水漲起來了，太陽的臉紅起來了。

3　小草偷偷的從土裏鑽出來，嫩嫩的，綠綠的。園子裏，田野裏，瞧去，一大片一大片滿是的。坐着，躺着，打兩個滾，踢幾腳球，賽幾趟跑，捉幾回迷藏。風輕悄悄的，草軟綿綿的。

4　桃樹、杏樹、梨樹，你不讓我，我不讓你，都開滿了花趕趟兒。紅的像火，粉的像霞，白的像雪。花裏帶着甜味兒；閉了眼，樹上彷彿已經滿是桃兒、杏兒、梨兒。花下成千成百的蜜蜂嗡嗡的鬧着，大小的蝴蝶飛來飛去。野花遍地是：雜樣兒，有名字的，沒名字的，散在草叢裏像眼睛，像星星，還眨呀眨的。

5　「吹面不寒楊柳風」，不錯的，像母親的手撫摸着你。風裏帶來些新翻的泥土的氣息，混着青草味兒，還有各種花的香，都在微微潤濕的空氣裏醞釀。鳥兒將巢安在繁花嫩葉當中，高興起來了，呼朋引伴的賣弄清脆的喉嚨，唱出宛轉的曲子，跟輕風流水應和着。牛背上牧童的短笛，這時候也成天嘹亮的響着。

6 　　雨是最尋常的，一下就是三兩天。可別惱。看，像牛毛，像花針，像細絲，密密的斜織着，人家屋頂上全籠着一層薄煙。樹葉兒卻綠得發亮，小草兒也青得逼你的眼。傍晚時候，上燈了，一點點黃暈的光，烘托出一片安靜而和平的夜。在鄉下，小路上，石橋邊，有撐起傘慢慢走着的人。地裏還有工作的農民，披着蓑戴着笠。他們的房屋，稀稀疏疏的，在雨裏靜默着。

7 　　天上風箏漸漸多了，地上孩子也多了。城裏鄉下，家家戶戶，老老小小，也趕趁兒似的，一個個都出來了。舒活舒活筋骨，抖擻抖擻精神，各做各的一份兒事去。「一年之計在於春」，剛起頭兒，有的是功夫，有的是希望。

8 　　春天像剛落地的娃娃，從頭到腳都是新的，它生長着。

9 　　春天像小姑娘，花枝招展的，笑着，走着。

10 　　春天像健壯的青年，有鐵一般的胳膊和腰腳，領着我們上前去。

春是一個季節，可說是無形無息的，這篇題為「春」的文章，是怎樣寫春的呢？

首先，文章對春來臨時，世間萬物的反映作了全方位的描寫：從山到水到太陽；從小草到各色鮮花；從小鳥到老人、孩子；從微微潤濕的空氣到像細絲的小雨。一切有生命、沒有生命的事物，都強烈地對春的到來作出反應。

其次，文章抓住了動感的描寫，把無形的春表現得生機勃勃。如一切都「張」開了眼睛，小草從土裏「鑽」出來，各色鮮花互不相「讓」，蜜蜂「鬧」，蝴蝶「飛」，輕風「撫摸」，小鳥「唱」，小雨「密密的斜織着」，農民工作着，老人、孩子走出來等等。

第三，聲色俱全。各色的鮮花，綠得發亮的樹葉，青得逼眼的小草，這些都表現了色。蜜蜂的「嗡嗡」，小鳥「唱出宛轉的曲子」，牧童的短笛表現了聲。

當同學讀着這篇聲色俱全，充滿動感的文章時，腦海裏是否會勾劃出一幅生意盎然、喜氣洋洋的春景圖？是否會在心中迴盪〈春之歌〉的旋律？是否會感受到一種對生命充滿希望的強烈的喜悦感情？

文章沒有故事情節，沒有具體的人物或事件，只是表達了作者的一種情感。這類文章，稱為抒情散文。

敍事散文

例文

永不融化的記憶
李玫　譯

1　　他弄不清楚是甚麼弄醒了他。或許是孩子喃喃的夢囈？當他掀開被子向外張望時，吸引住他的不是孩子的小床，而是窗外的雪景。窗外，大雪正在紛紛揚揚地下着。

2　　為了不吵醒妻子，他悄悄地起床，慢慢地走到小床邊，彎下腰，輕輕地連被子一起抱起了孩子。他踮着腳走出臥室，孩子抬起頭，睜開眼睛，像往常一樣，對着爸爸笑了。

3　　他抱着她下樓，一邊數着「嗒嗒嗒」的腳步聲。很快，他們坐到了餐桌邊，然後他們的鼻子一起壓在玻璃窗上向外望。這時候，他覺得自己不是大人了。他變成了孩子，和他的孩子一樣充滿了好奇心。

4　　天已經快亮了，雪還是下得很大。雪花打在窗戶上，就像神秘的瀑布。偶爾有一兩片雪花貼在窗戶上，像不情願落到地上似的。然而它們還是得慢慢地滑下玻璃。融化了，留下一條美麗的線，不久就消失了。

5　　父女倆聽到新的一天已經在鄰居們的家裏湧動。往常街對面的一家人總是起得很早，他們總是開亮前廊的燈，然後鑽進汽車，砰地一聲關上車門，汽車開動了。但是今天不一樣了，他們從一個房間跑到另一個房間，

透過窗戶向外張望，孩子們原來細長的身子現在變大了，終於前廊門打開了，裏面跑出來三個人，在雪地裏滾動起來。

6　　他不知道他們是從哪裏學到玩雪的，就連最小的孩子，也許還是第一次見到真正的雪，也像是天生就知道該怎麼玩似的。

7　　他們在雪地裏滾動，還不時嚐上一口雪。他們把雪捏成一個個雪球，打起雪仗來。然後又跑上附近的一個小山脊，開始堆起雪人來了。

8　　很快，雪人的鼻子也安好了。鄰居們也都全醒了。一輛汽車嗚咽着向前開，但是車輪總是打滑。公共汽車就像在海上航行，拼命地想開上小山。這時候，孩子安全地坐在他溫暖的臂彎裏又睡着了。

9　　他知道她不會記住這一切，她會回憶另外的雪景。但是對於他來說，這是第一次，他們父女一起賞雪的第一次，這次記憶會在他腦海裏留存下來。雪人會很快融化，他的記憶中卻永遠留下了冰涼而有趣的東西——雪！

這篇文章敘述了一件事情的經過及這件事情使人產生的感觸，並由此抒發作者的某種情感。

相對於抒情散文，這篇文章較多篇幅用於敘述事情的過程和描寫人物的行為，其表現特點以敘事為主，故稱為敘事散文。

敘事散文不等同於故事。故事以講述事件、表現人物為目的，敘事散文則以抒情為主，敘事是為了表達感情。

哲理散文

光陰的故事
張曉風

1 　　一鍋米飯，放到第二天，水氣就會乾了一些，放到第三天，味道恐怕就有問題，第四天，我們幾乎可以發現，它已經變壞了，再放下去，眼看就要發霉了。

2 　　是甚麼原因，使那鍋米飯變餿變壞——是時間。

3 　　可是，在浙江紹興，年輕的父母生下女兒，他們就在地窖裏，埋下一罈罈米做的酒，十七、八年以後，女兒長大了，這些酒就成為女兒出嫁婚禮上的佳釀，它有一個美麗而惹人遐思的名字，叫「女兒紅」。

4 　　是甚麼使那些平凡的米，變成芬芳甘醇的酒——也是時間。

5 　　到底，時間是善良的，還是邪惡的魔術師呢？都不是。時間只是一種簡單的乘法，它把原來的數值倍增而已。開始變壞的米飯，每一天都不斷變得更腐臭，而開始變醇的美酒，每一分鐘，都在繼續增加它的芬芳。

6 　　在人世間，我們也曾經看過天真的少年一旦開始墮落，便不免越陷越深，終於變得滿臉風塵，面目可憎。但是相反的，時間卻把溫和的笑痕，體諒的眼神，成熟的風采，智慧的神韻添加在那些追尋善良的人身上。

7 　　同樣是煮熟的米，壞酒與美酒的差別在哪裏呢？就在那一點點酒麴上。

8 　　同樣是父母所生的，誰墮落如禽獸，而誰又能提升成完美的人呢？是內心深處是否有緊緊環抱不放的求真、求善、求美的渴望。

9 　　時間將怎樣對待你我呢？這就要看我們自己是以甚麼態度來期許我們自己了。

文章講述時間既可使米飯變餿變壞,又會使米做的酒變甘醇的故事,令作者從而聯想到時間同樣可使不同的人變好或變壞,說明要成為完美的人,就要在內心深處將求真、求善、求美的渴望緊緊環抱不放的道理。

這篇蘊含哲理的文章,與一般議論文有鮮明的論點、有充分的論據、有周密的論證不同,它所揭示的哲理是從某一事物或現象引發而出的,不需要充分的論證。這類散文稱為哲理散文。

散文的特點

以上介紹的三種類型的散文,有着明顯的共同之處,就是都以抒發作者的感觸、情緒為中心,內容廣泛,形式輕鬆多變,表現方式豐富多樣,尤以聯想、抒情見長。這也是散文的特點之一。

長於聯想和抒情

散文一般表達作者的親身體會和體驗,是最適宜直接表現感情的文種。即使是以敘事或說理為主的散文,也都是通過所敘述事件表達作者的某一感受,或以作者體驗講述一定的道理的,因此多採用聯想、抒情等表現手法。

例文

窗外

1　　從我居室的窗口望出去,可以看到一株高高的芙蓉樹。在那煙樹參差的春日裏,花紅點點,煞是迷人。它牽動我的靈感,撩撥我的文思,久而久之,我竟視這位隔窗而立的「鄰居」為知己了。

2　　可是,有一個早晨,我推窗而望,驀然發現昨夜的一場風雨已將它剝蝕得面目全非。立時,一種「繁花落盡」的悲涼掠過了我的心頭!我不由感慨繫之:在人生道路上磕磕絆絆,幾經周折,幾度滄桑,又一次次地失落了許多至愛的朋友,生命不正如同這隨風而逝的繁花麼?!

3   這件事過了些時日，也就漸漸地淡忘了。一次，我下鄉歸來，感覺到室內空氣有些沉悶，就不經意地打開了窗戶，頓覺眼前一亮：一樹火紅的三角梅映入眼簾，它在夕陽的背景下定格。意外的驚喜使我幾乎不能自制，我詫異，當初在落英的背後，為甚麼竟沒有發現這萌動着的不屈的生命呢？

4   是的，芙蓉的最後一葉花瓣凋落了，人們對它的嘉許也遺忘在往昔的記憶裏，可是三角梅卻成長了，那火焰般燦爛耀眼的紅色向人們昭示着生命的更迭與延續。誰能說，失去與獲得不是一曲交響樂呢？

5   我久久地佇立窗前，深深感悟到：生命中沒有四時不變的風景，只要心永遠朝着陽光，你就會發現，每個早晨都會有清麗而又朦朧的憧憬在你的窗前旋轉、升騰，這個世界永遠傳送着希望的序曲。

從芙蓉樹被風雨剝蝕得面目全非，而聯想到人生道路上一次次失落的至愛的朋友。從怒放的三角梅，又聯想到生命的不屈。通過對這些事物的聯想，抒發出「生命中沒有四時不變的風景，只要心永遠朝着陽光，你就會發現，每個早晨都會有清麗而又朦朧的憧憬在你的窗前旋轉、升騰，這個世界永遠傳送着希望的序曲」的感歎。

又例如，之前同學讀過的〈光陰的故事〉(p.87)，從米飯變壞聯想到天真少年的墮落，都是同樣的表達手法。同學了解散文的這個特點，閱讀時就要注意發揮想像，隨着作者的思路聯想、發揮，以充分領悟散文的意蘊。

形散神不散

散文往往沒有完整的故事情節，沒有具體的人物形象描寫，作者在文章中從古到今，海闊天空，無所不寫。敘述、描寫、抒情、議論、比喻、聯想等表現手法無所不用。例如後頁的一篇散文——〈月〉。作者從憑欄望月聯想到人，又從月聯想到鏡，從鏡聯想到寒光冷氣，更進而聯想到嫦娥的寂寞，讀來似不着邊際。

例文

月
巴金

1. 每次對着長空的一輪皓月，我會想：在這時候某某人也在憑欄望月麼？

2. 圓月有如一面明鏡，高懸在藍空。我們的面影都該留在鏡裏罷，這鏡裏一定有某某人的影子。

3. 寒夜對鏡，只覺冷光撲面。面對涼月，我也有這感覺。

4. 在海上，山間，園內，街中，有時在靜夜裏一個人立在都市的高高露台上，我望着明月，總感到寒光冷氣侵入我的身子。冬季的深夜，立在小小庭院中望見落了霜的地上的月色，覺得自己衣服上也積了很厚的霜似的。

5. 的確，月光冷得很。我知道死了的星球是不會發出熱力的。月的光是死的光。

6. 但是為甚麼還有嫦娥奔月的傳說呢？難道那個服了不死之藥的美女便可以使這已死的星球再生麼？或者她在那一面明鏡中看見了甚麼人的面影罷。

再有如〈春〉一文（p.83），各種各類的事物都描寫到，分別去看它們，真像是零零散散的一大堆。

散文的形式雖零散，事實上總是圍繞着一個核心。正是通過這核心，將有關的材料聯結成篇。

〈春〉一文作者對各色事物的描寫，便都是圍繞着事物在春天來臨時的表現，也就是緊緊地抓住「春」這個核心。

〈月〉一文則圍繞着一個「冷」字。獨自憑欄望月，就是一種冷清；寒夜對鏡，只覺冷光撲面；冬夜獨立露台，冷氣侵身。這一個個的「冷」字，表達了一種孤寂的情懷。

所謂「形散神不散」的「神」，指的便是散文的核心。

散文的意蘊

所謂散文的意蘊，指的是散文所蘊含的意境，也就是文章的中心意思。散文不似議論文有鮮明的論點，也不同説明文有明確的説明對象。因此，同學在閱讀散文時，應透過文章的內容，領會其意蘊。

細析表達方式，感受所表之情

例文

匆匆
朱自清

[1]　　燕子去了，有再來的時候；楊柳枯了，有再青的時候；桃花謝了，有再開的時候。但是，聰明的，你告訴我，我們的日子為甚麼一去不復返呢？──是有人偷了他們吧，那是誰？又藏在何處呢？是他們自己逃走了吧，現在又到了哪裏呢？

[2]　　我不知道他們給了我多少日子；但我的手確乎是漸漸空虛了，在默默裏算着，八千多日子已經從我手中溜去；像針尖一滴水滴在大海裏，我的日子滴在時間的流裏，沒有聲音，也沒有影子。我不禁頭涔涔而淚潸潸了。

[3]　　去的儘管去了，來的儘管來着；去來的中間，又怎樣地匆匆呢？早上我起來的時候，小屋裏射進兩三方斜斜的太陽。太陽他有腳啊，輕輕悄悄地挪移了；我也茫茫然跟着旋轉。於是──洗手的時候，日子從水盆裏過去；吃飯的時候，日子從飯碗裏過去；默默時，便從凝然的雙眼前

過去。我覺察他去的匆匆了,伸出手遮挽時,他又從遮挽着的手邊過去;天黑時,我躺在床上,他便伶伶俐俐地從我身上跨過,從我腳邊飛去了。等我睜開眼和太陽再見,這算又溜走了一日。我掩着面歎息。但是新來的日子的影兒又開始在歎息裏閃過了。

4 在逃去如飛的日子裏,在千門萬戶的世界裏的我能做些甚麼呢?只有徘徊罷了,只有匆匆罷了;在八千多日的匆匆裏,除徘徊外,又剩些甚麼呢?過去的日子如輕煙,被微風吹散了,如薄霧,被初陽蒸融了;我留着些甚麼痕跡呢?我何曾留着像游絲樣的痕跡呢?我赤裸裸來到這世界,轉眼間也將赤裸裸的回去吧?但不能平的。為甚麼偏要白白走這一遭啊?

5 你聰明的,告訴我,我們的日子為甚麼一去不復返呢?

文章通過形象的描述,把時間的匆匆流逝這種抽象的現象,表現得具體、可感:在洗手的時候、吃飯的時候、睡覺的時候,時間像長了腳似的,偷偷的、匆匆的溜走了,不留任何痕跡。這些形象化的表現手法,賦予本來不易反映的抽象事物以生命,體現出流逝的動感,從而表現出「匆匆」的情形,使讀者在這形象的策動中,感受到作者對時光易逝的感歎,並悟及必須抓緊時間有所作為,才不枉到這世上一遭。

再舉〈春〉一文(p.83)為例説明。文中採用了大量的擬人、比喻等表現手法,還用上大量動詞,表現出生機勃勃的景象,使讀者在閲讀時充分領略到春天萬物勃發、春意喜人的氣息,從而感受到作者對春的讚美、喜愛的意蘊。

領悟託物言志的寓意

散文在表達作者的切身體會時,有時並不是直截了當的。作者會通過所描述事物的寓意,含蓄地轉達個人情感。例如前面讀過的〈月〉(p.90),文中的意蘊便是透過描寫、聯想冷冷的月,含蓄地暗示出來的,只有細細品味所描述的對象,才可領悟到文章表現的那一份孤寂的情感。

又例如下面的〈梅花〉，通篇寫梅、頌梅。頌梅的表達手法有很多，作者只讚頌梅花為人而忙這一點，通過這一點，便可捉摸到作者借頌梅而明志的內涵了。

例文

梅花
柯藍

[1] 　　梅枝掛着圓圓的花苞。梅樹知道冬天人間的寒冷，先送來了唯一的花枝，然後才長綠葉⋯⋯

[2] 　　梅花是冬天最後僅存的花朵？還是春天最早開放的花枝？當積雪壓斷枝頭的時候，百花凋謝，梅花它踏着風雪來了。而當冬去春來，萬物甦醒，百花滿園的時候，梅花它卻又一人先去。是追蹤風雪而去呢？還是把它引來的春天留在人間？

[3] 　　梅花恐怕是萬花之中，帶着最多的心意，為別人忙碌的花枝了⋯⋯

循路體味深層的感慨

在〈永不融化的記憶〉(p.85)的最後一段中，文章這樣寫：

他知道她不會記住這一切，她會回憶另外的雪景。但是對於他來說，這是第一次，他們父女一起賞雪的第一次，這次記憶會在他腦海裏留存下來。雪人會很快融化，他的記憶中卻永遠留下了冰涼而有趣的東西──雪！

為甚麼「他」會永遠記住這父女一起賞雪的第一次呢？文章沒有說明，我們沿着文章的思路深究下去：生活中的許多事情，第一次的感受總是令人難以忘懷的；人世間，父女親情是最動人的；孩子長大，父女同在一起的機會越來越少，孩子對父母的依賴越來越少，當孩子長大成人離開父母身邊時，留給父母的除了無盡的牽掛，便是父女在一起的所有溫馨的回憶。這一切，怎不使父親永遠記住這個第一次呢？

同學閱讀散文時，要注意循着文章展現的思路，發揮想像與聯想，將文中沒有寫到的更深一層的東西挖掘出來，體味文章的意蘊。

從闡釋中理會哲理

〈光陰的故事〉一文（p.87），作者利用類比的表現方法，闡述了這樣一個道理：時間怎樣對待每一個人，要看每一個人用怎樣的人生態度來期許自己。有美好渴望的，便可成為完美的人，否則，便會墮落如禽獸。

文章就是通過時間既可使米飯變餿變壞，也可使米酒變得甘醇的故事，説明作者的認識。

同學再讀一讀下面蘇軾所寫的〈日喻〉。

例文

日喻
蘇軾

1　　生而眇①者不識日，問之有目者。或告之曰：「日之狀如銅槃②。」扣槃而得其聲；他日聞鐘，以為日也。或告之曰：「日之光如燭。」捫③燭而得其形；他日揣④籥⑤，以為日也。日之與鐘、籥亦遠矣，而眇者不知其異，以其未嘗見而求之人也。道⑥之難見也甚於日，而人之未達⑦也，無以異於眇。達者告之，雖有巧譬⑧善導，亦無以過於槃與燭也。自槃而之鐘，自燭而之籥，轉而相之，豈有既⑨乎？故世之言道者，或即其所見而名之，或莫之見而意之，皆求道之過也。

2　　然則道卒不可求歟？蘇子曰：「道可致而不可求。」何謂「致」？孫武曰：「善戰者致人，不致於人。」孔子曰：「百工居肆⑩以成其事，君子學以致其道。」莫之求而自至，斯以為「致」也歟？

3　　南方多沒⑪人：日與水居也，七歲而能涉⑫，十歲而能浮⑬，十五而能沒矣。夫沒者，豈苟然哉！必將有得於水之道者。日與水居，則十五而得其道；生不識水，則雖壯，見舟而畏之。故北方之勇者問於沒

人，而求其所以沒，以其言試之河，未有不溺 ⑭ 者也。故凡不學而務求道，皆北方之學沒者也。

4 昔者以聲律取士，士雜學而不志於道；今也以經術取士，士知求道而不務學。渤海吳君彥律，有志於學者也，方求舉於禮部，作〈日喻〉以告之。

【註釋】

① 眇：原指瞎了一隻眼睛，這裏借指雙目失明。

② 槃：古代洗盥用具一種。

③ 捫：摸。

④ 揣：測量。

⑤ 籥：古代一種樂器，形狀像笛。

⑥ 道：儒家的道理，也指規律、道理。

⑦ 達：通。引申為通曉。

⑧ 譬：比喻。

⑨ 既：完、盡。

⑩ 肆：作坊。

⑪ 沒：沉沒、淹沒。引申為潛水。

⑫ 涉：趟水過河。

⑬ 浮：飄浮。

⑭ 溺：淹沒。

文章通過盲人識日的故事，比喻說明應該怎樣正確地學習「道」。作者邊述邊議，在講故事的過程中，將自己的看法直接說出來，從而明確地表明自己的態度，闡明道理，例如：「故世之言道者，或即其所見而名之，或莫之見而意之，皆求道之過也。」「故凡不學而務求道，皆北方之學沒者也。」這種邊說邊議的表達手法，使讀者明確地知道文章的傾向，從而理解文中闡述的道理。

練習 五

細閱下文，然後回答所附問題。

給生命一片懸崖

1　　在遼闊的非洲草原上，常常有成群的羚羊奔跑着。有一個美國的動物學家專門到這裏來研究牠們的生活習性。

2　　經過長期的觀察，他發現了一個十分奇怪的現象。當小羚羊剛剛能夠奔跑的時候，有的時候會遇到獵豹和獅子等天敵，那些成年的羚羊就會帶着這些小羚羊逃跑。可是讓這個動物學家感到不解的是，這些成年的羚羊選擇逃命的方向大多是附近最陡峭、懸崖最多的地方，那些陡峭的山崖，是這些羚羊逃命的首選之地。

3　　每當逃到懸崖邊的時候，這些成年的羚羊都會一躍而過，而這些小羚羊也會拚命地去躍過懸崖，可是偶爾也有一些剛剛會奔跑的小羚羊由於不能躍過懸崖而摔下去。這個動物學家經過多次統計，發現這些成年的羚羊遇到危險時，十次裏至少有八次都會選擇向有懸崖的地方逃跑。為甚麼成年羚羊會選擇懸崖多的地方呢？這些羚羊長期生活在這個地方，應該對這個地方很熟悉呀，為甚麼會給自己選擇一片懸崖呢？

4　　最後這個動物學家經過幾個月的研究，終於漸漸找到了答案。當一隻羚羊剛剛學會奔跑的時候，由於奔跑的強度不大，牠的腹肌並沒有被最大化地拉開，所以即使牠拚命奔跑，步幅也不過三米左右。這些幼小的羚羊在獅子或獵豹的追逐下，當後無退路前面只有懸崖時，隨着成年羚羊的一躍而過，牠們最後也只能跟着躍過去。

5　　可是並不是每一隻小羚羊都會成功地躍過去，幸運的小羚羊們會躍過懸崖，跳到對面的山坡上，那些身軀過於龐大和沉重的獵豹和獅子則對此束手無策。而那些不幸的小羚羊則跌落在懸崖下。

6　　小羚羊躍過懸崖後，牠們的腹肌都有了不同程度的拉傷，但是拉傷恢復後牠們奔跑的步幅明顯有了很大的進步，差不多可以達到四米。以這樣的速度奔跑起來，獅子和獵豹也往往是望塵莫及的。

7　　這個動物學家終於明白了為甚麼成年的羚羊逃跑時會選擇奔向懸崖，因為只有選擇了懸崖才有可能提高後代奔跑的速度，才會讓牠們在草原上生存下來。

8　　給自己選擇一片懸崖，才會把自己逼上絕境，才會最大程度地發揮自己的潛力，絕境是生命創造神話的最好溫床。

（節錄自半月談網 http://www.banyuetan.org/）

一、根據本文，試分析是甚麼原因導致小羚羊發生「剛剛學會奔跑的時候，步幅也不過三米左右。躍過懸崖後，牠們奔跑的步幅明顯有了很大的進步，差不多可以達到四米」的變化。

_____

_____

二、文章最後一段：「給自己選擇一片懸崖，才會把自己逼上絕境，才會最大程度地發揮自己的潛力，絕境是生命創造神話的最好溫床。」

1. 「懸崖」和「溫床」運用了甚麼表現手法？_____

2. 你贊成「絕境是生命創造神話的最好溫床」這觀點嗎？試結合自己的經歷，談談你的見解。

_____

_____

四

近年香港中學公開考試
中文科閱讀理解試題
抽樣略析

❶ 白話文閱讀理解 (2003 至 2013 年)

2003 年

篇章

① 　　假如生命是一本書，住在城市的人，他們所寫的內容會是怎樣的？大抵來說，由於他們生活節奏急促，終日跟時間競走，所以寫的內容大多是緊湊有餘而情韻不足。要是他們能夠暫時放下工作，到陌生的國度旅行，為生命篇章添加色彩，這未嘗不是一件美事。

② 　　春日清晨，杭州西湖波平如鏡，微風輕拂，楊柳依依，眼前勝景如畫卷般展開。遊人置身其中，飽覽湖山秀色，細聽嚶嚶鳥語，世俗的煩憂早已拋諸九霄雲外。遊人中也許有失意者，這時正好讓大自然溫柔的手治療他們心底的傷痛。遊人中也許有藝術家，他們沉醉山水之間，觸發雅興，靈感湧現，為藝術生命增添了無限創意。

③ 　　有些人旅遊是為了享受人生，例如往泰國品嚐道地美食，到日本迪士尼公園瘋狂地玩機動遊戲。不過，有些人卻喜歡探求知識，了解各地的風土人情。他們漫遊非洲大陸，體驗不同土著的生活方式；在宏偉巍峨的埃及金字塔前駐足，驚歎古人的鬼斧神工；或者遠赴美國大峽谷，細意觀察有億萬年歷史的岩層；流連法國巴黎的羅浮宮，欣賞藝術瑰寶。途中，他們接觸不同事物，感到趣味無窮。

④ 　　與親友同遊，沿途有說有笑，自然樂也融融，但獨個兒揹着背囊到外地旅行，卻別有體會。獨遊者趕不及火車，又找不到旅舍，就要一嘗露宿街頭的滋味了。不幸病倒，他們要獨自承受疾病的煎熬，倍感寂寞淒涼；袋裏的餘錢不多，要省吃儉用。遇上言語不通的情況，他們便感有口難言，但若能夠打破隔膜，與外地人成為朋友，又是多麼使人雀躍！獨遊者通過不同的體驗，生命變得充實，更何況有些體驗，可以令他們懂得珍惜。

5　　　有人説：「當其他人極力追趕時代的步伐時，旅行者卻悠閒地欣賞世界。」旅行可以讓人暫時放下工作的擔子，身心得到休息，更可以為他們的生命畫冊添上歡愉而滿有挑戰的篇章。

題目

1. 遊人流連山水之間可以得到甚麼好處？

2. 人們旅遊有甚麼不同目的？試從第 3 段中舉出三種，並各引一例以證。

3. 就獨遊者的旅遊體驗，獨遊者可以學會珍惜些甚麼？試加析述。

4. 回答下列兩項：

（1）試指出本文運用了哪幾種例證，並各舉一例以對。

（2）首末兩段互相呼應，試綜合兩段內容加以説明。

參考答案

1. * 忘記煩憂
   * 治療失意的傷痛
   * 增加創意

2. * 享受人生，例如：到泰國品嚐道地美食。
   * 探求知識，例如：駐足宏偉巍峨的埃及金字塔前，思考古人鬼斧神工的建築技術。
   * 了解風土人情，例如：漫遊非洲大陸，體驗不同土著的生活。

3. * 與家人共聚：病倒時，沒有家人照顧，寂寞淒涼，倍感親情可貴。
   * 金錢：旅遊時餘錢不多，花費便要有分寸。
   * 結交朋友的機會：能打破語言上的隔膜結交朋友，是令人雀躍的。

4.（1）本文運用了以下三種例證：
- 事例：到不同的地方旅遊
- 設例：假如生命是一本書
- 語例：有人説：「當其他人極力追趕時代的步伐時，旅行者卻悠閒地欣賞世界。」

（2）首末兩段所描寫的對象均是生活緊張、節奏急促的人，作者提出的解決方法是他們要放下工作擔子，到外地旅行，便可以為生命添上歡愉而滿有挑戰的色彩。

略析

- 第 1 至 3 題都側重考核考生對單個段落內容的理解，第 4 題則考核對寫作手法的掌握程度。

- 第 1 題考核考生對第 2 段內容的理解。這段文字用三個並列句子説明流連山水之間的好處，較容易理解，難點在於要用簡潔的文字概括出三種好處，不可照抄文中句子。

- 第 2 題考核考生對第 3 段內容的理解。難點在第二句「不過，有些人卻喜歡探求知識，了解各地的風土人情」。參考答案將其作兩種目的解釋，考生舉例時不能遺漏。

- 第 3 題考核考生對第 4 段的整體感悟。與前兩題略有不同，這題對考生的分析概括能力的要求高一些，要懂得條分縷析並加以歸納。既要分析體驗，還要將體驗與珍惜的內容對應。

- 第 4 題考核考生對文章寫作手法的掌握。分題（1）要從全文分析，注意不要遺漏了「設例」。文章的第一句用了設例，往往容易被忽略。分題（2）的重點在於要將首末兩段的內容一一對應，加以分析。

2004 年

篇章

① 　足球魅力無窮，每當球賽來臨，都令無數球迷如癡如狂。你看，利物浦、皇家馬德里兩支球隊訪港，球迷蜂擁購票，全城掀起一片足球熱潮。

② 　足球是對賽的遊戲，兩隊球員務求把一個圓球踢進對方球門，以定勝負。雙方在球場上競賽時，人們的眼睛都凝聚到足球上。球員把智慧和力量熔鑄為精湛的球技：一傳一接恰到好處，進攻防守靈巧自然，勁射破網力發千鈞，令人們看得歡喜若狂。足球在他們的腳下滾動，引發了期待，產生了趣味，帶來了無盡的歡樂。兩隊攻守之間，形勢瞬息萬變，變化中潛藏着稍縱即逝的機會。球員能否把握機會，牽動了人們的情緒，悲轉喜，喜轉悲。賽事起伏跌宕，勝敗永遠不會盡在意料中，這正是球賽引人入勝的地方。

③ 　<u>其實</u>，足球除了觸動人們的情緒外，還帶給人們種種啟示。一場球賽，最可觀的是球技，最寶貴的是精神。

④ 　足球場上，沒有實力的球隊休想單憑運氣獲取佳績，然而，球隊的拼勁也很重要，這種精神一垮，勝負機運逆轉。弱旅面對強隊，毫不退縮，即使落後，仍拼搏到最後一分鐘。球迷欣賞的不只是精彩紛呈的比賽，更是球員所表現的精神。既是比賽，當有勝負，但是，<u>真實的背後還有另一種真實</u>，縱使勝利者只有一方，奮鬥不懈的失敗者，也許更能贏得人心。

⑤ 　足球比賽，不只是個人的表演，要是沒有隊友的合作，就無法取得勝利。一個球星可憑出神入化的球技取得入球，卻未必贏得比賽，而一支巨星雲集的球隊，亦不一定能戰勝寂寂無聞的對手。另一方面，<u>球賽不僅是技術的較量，也是意志的比拼，更是人格的試練</u>。在規則的約束、裁判和觀眾的監督下，每個球員都在公平的環境下作比賽。在場內，不遵守規則的球員不會成為真正的球星，凡暗箭傷人的行為，都應該唾棄，唯有公平競勝，尊重自己，尊重對手，才是王者。

6 　　現今足球運動快速發展，摻雜更多商業與功利色彩，例如過分強調球星效應，又或博彩圖利。<u>足球變了形</u>，足球的樂趣和價值便日漸褪色，人們得到的僅是附於足球上的榮譽，或是金錢所帶來的快樂。足球就是足球，它應該是圓的。

題目

1. 作者認為足球比賽有哪些吸引人的地方？試指出其中三項。

2. 試分別說明下列句子（畫有雙線）在段中的含義：

   (1) 真實的背後還有另一種真實（第 4 段）

   (2) 足球變了形（第 6 段）

3. 下列三個標題，哪一個切合本文的主題？哪兩個不切合？試加說明。

   甲：足球的熱潮
   乙：足球的價值
   丙：足球的變化

4. 第 3 段的「其實」（畫有雙線）在本文結構上有甚麼作用？又第 5 段中，畫有雙線的句子在表達上有甚麼效果？試分別說明。

參考答案

1. 吸引人的地方：（回答以下任何三項）
   球員精湛的球技／賽事過程瞬息萬變／勝負難以預料／給予人們啟示

2. (1) 第一個「真實」是指球賽的結果。「另一種真實」是指在球迷心目中，球員如能努力不懈，也許得到他們的讚頌。
   (2) 指摻雜太多商業和功利色彩，令本來的價值漸減。

3. ● 乙項切合：作者藉球賽説明足球的價值，不但帶給人們無窮的歡樂，
也蘊含寶貴的運動精神，帶給人們種種啟示──成功必須
靠實力和拼勁。

　　● 甲項不切合：首段雖提及足球掀起一片熱潮，但下文並無呼應。

　　● 丙項不切合：文中只提及賽事過程的變化及足球發展摻入商業的味
道，並非本文的主題。

4. ● 第 3 段中「其實」一詞在本文結構上具有承上啟下的作用。「其實」一
詞，承接前段説足球是遊戲，下開足球會給人們種種啟示。

　　● 第 5 段中畫有雙線的句子在表達上有遞進的效果，使道理闡釋一層比
一層深入，增強説服力。

略析

● 第 1 題考核考生對作者基本觀點的掌握。參考答案都集中在第 2 、3 段，
問題的重點是「作者認為」，難點在不能遺漏了第 3 段。

● 第 2 題考核考生對於全文上下關聯的語境中重要句子的理解。重點是「在
段中的含義」。不要孤立地解釋畫線的句子，要注意從句子所在段落的上
下關聯中回答。難點在第 (2) 個句子「足球變了形」，這句在第 6 段中
間，考生要注意前後聯繫，回答問題。

● 第 3 題考核考生對文章主旨的理解和概括的能力。考生要全面理解整篇
文章的中心，才能準確選擇。

● 第 4 題要求考生回答某些關鍵詞和句子在文章結構中所起的作用，這是
考核考生對寫作方法的掌握程度。第一問，考生要先分析文章段落間的關
係才能回答。第二問，要求考生逐句分析，不難回答，重點在於不要把畫
了雙線的句子理解為轉折句。

2005 年

篇章

1　人皆有臉，卻原來臉既看得見，也看不見。看得見是指人們那張能夠表達喜怒哀樂的臉，看不見是指與人們名譽有關的面子。給了面子，就是尊重他人；掃了面子，就是傷害別人的自尊心。所以說：「樹要皮，人要臉。」

2　面子有虛、實兩面。說它虛，因為它摸不着；說它實，它確實影響人們的生活、行為和情緒。父母誇耀子女考上名牌中學；上司出席下屬的喜宴；手頭拮据，仍故示大方；競賽輸了，在大庭廣眾之中言行失態；冷嘲熱諷，惡言相向；凡此種種都說明面子可以給，可以丟，可以傷，可以要。

3　面子華而不實，就如一個重面子的人，外看一朵花，內心一團糟，這只是繡花枕頭。跟面子相對的是裏子。裏子是深層的，是實在的。正如一個平凡的人，自小從修心養性做起，不斷磨練自己，即使環境如何惡劣，他仍然會堅毅不屈，勇於面對困境。一個誠實的人，常常嚴於律己，做到不自欺亦不欺人，不護短亦不造假。這些人怎會贏不到別人的尊重與信任呢？

4　裏子最重要的元素是品德修養。品德修養須建基於學問，而讀書是求取學問的一種重要方法。多讀書可突破個人有限的空間，拓寬視野，使人變得有氣質、有品味。當然，學問也可以由做效得來，由體驗得來，由思索得來。從求學問的過程中，人們不但可以汲取知識，更可以培養個人的品德修養。此外，人們如果能夠冷靜自省，便可以認清目標，看清事理，明辨是非，進而糾正行為上的缺失，品德修養因此得以提升。總括而言……

5　說到底，面子可以不要，裏子卻不能不要。每個人都應該理智地分析這個問題。

題目

1. 試完成下圖：

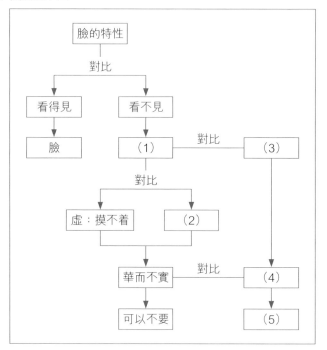

2. 作者認為面子可以丟，可以傷，可以要。試從第 ② 段中各引一例以對。（例子必須不同）

3. 第 ④ 段的省略號，省略了該段的結句。試用自己的文字寫出結句。（文字連標點符號不得多於 40 個字）

4. 細閱以下兩節引文：

甲：面子華而不實，就如一個重面子的人，外看一朵花，內心一團糟，這只是繡花枕頭。 （第 ③ 段）

乙：面子可以不要，裏子卻不能不要。 （第 ⑤ 段）

（1）甲項運用了哪一種比喻？本體和喻體是甚麼？

（2）綜合全文，為甚麼作者有乙項的説法？

參考答案

1. （1）面子
   （2）實：它確實影響人們的生活、行為和情緒
   （3）裏子
   （4）深層、實在
   （5）不能不要／必須要

2. ● 可以丟：競賽輸了，在大庭廣眾之中言行失態。
   ● 可以傷：冷嘲熱諷，惡言相向。
   ● 可以要：手頭拮据，仍故示大方。／父母誇耀子女考上名牌中學。

3. 品德修養是裏子最重要的元素，而品德修養是由求取學問、自省培養得來的。

4. （1）● 暗喻／隱喻
       ● 本體：華而不實的面子／一個重面子的人
       ● 喻體：繡花枕頭
   （2）一個只重面子的人徒具外表，華而不實。裏子卻是深層的，是實在的，代表個人的品德修養。一個有品德修養的人，能糾正個人行為上的缺失，從而贏得別人的尊重與信任。所以面子可以不要，裏子不能不要。

略析

● 第 1 題採用圖表方式，考核考生對文章基本觀點的了解。本題要求考生對文章內容作整體、全面的把握。分題（1）可從第 1 段找到答案。分題（2）從第 2 段找答案。分題（3）及（4）則要從第 3 段找答案。這些問題

均可從文章直接找到答案，難點在分題 (5)，考生答題時需要歸納文章內容。

- 第 2 題考核考生對分總式結構的理解。文章第 ② 段前面分別描寫了幾種情形，考生最後需歸納出結論。難點在於分清哪種情形對應「可以丟」、「可以傷」、「可以要」。

- 第 3 題分別考核考生的理解、歸納、表達的能力。與第 1、2 題比較，本題難度較大，但考生也可直接從第 ④ 段中把答案概括出來。難點在第二層次。這段文字採用總─分─總結構，其中「分」又採用了並列結構，考生要注意「分」中兩種情形的並列關係，才不至遺漏。

- 第 4 題中的分題 (1)，主要考核考生對修辭手法的掌握程度。這問題的難點在於容易被甲項引文中的「如」字誤導，重點則在分清本體與喻體。分題 (2) 考核考生對全文的分析和領悟。注意要從全文各個段落中加以概括。

2006 年

篇章

① 在這個日新月異的時代，香港生活環境急速改變，周遭熟悉的樓宇——如骨牌般倒下，丟進歷史，取而代之的是一幢幢陌生的建築物。這些簇新的大廈、商場又不斷改頭換面，有時站在<u>陌生的鋼筋水泥前</u>，頓覺有點迷失，不知身在何方。家的臉孔真的一天比一天陌生！

② 凡是我們到訪過、居住過的地方，都在我們的生活中留下痕跡，甚或令我們產生深厚的感情。有些社區保留了歷史悠久而富特色的建築物，我們看到這些古舊建築時，總會感到親切溫馨，像回到家一樣。西環街巷上的古老店舖、具殖民地色彩的中區警署、富傳統廟宇特色而香火鼎盛的黃大仙祠等，不單是區內的重要景觀，也是居民生活的一部分。就是區外居民偶爾到訪，這些建築物也讓他們知道身在何方，感到安心。

3　　　　不管環境如何變遷，我們對自己成長的地方總是念念不忘。雖然地方不一定舒適，甚至我們可能在那裏熬過人生最艱苦的日子，但當中的生活點滴，都會引起無限的眷戀。對老居民而言，熟悉的環境代表了某個時期的生活片段，是他們奮鬥、掙扎、成功、失敗的印記，滿是喜怒哀樂的回憶。他們的家庭、事業、理想和鄰里情誼，都在這裏萌芽、茁壯、成長，最後成為一棵棵<u>參天大樹</u>。

4　　　　在灣仔縱橫交錯的街道上，有建於上世紀初的當舖，還有見證區內數十年發展的灣仔街市。當年，區內的修頓球場早晚展現不同的面貌：白天，搬運工人坐在看台上等待臨時工作；晚上，街坊在看台上觀賞球賽、弈棋聊天。每逢節日，更有戲班搭台唱戲，為居民提供免費娛樂。這些地方滿是老居民過去的生活風貌，惹人懷念。

5　　　　現今，香港生活節奏急促，人們每天上班下班，上學放學，<u>在臉孔不斷改變的街上走過</u>，生活的回憶逐漸湮沒。如果人們只顧追逐創新的潮流，不停拆毀舊的建築物，長此下去，我們將失去自己的根。

（取材自余攸英〈讓愛港之情留駐〉。
為便於設題，部分文字曾經改寫。）

題目

1. 在第 2 段中，作者認為歷史悠久而富特色的建築物有甚麼意義？

2. 試分別說明下列詞組（原文畫有雙線）在文中的意思：

　（1）陌生的鋼筋水泥（第 1 段）

　（2）參天大樹（第 3 段）

3. 作者為甚麼描述當年灣仔修頓球場的情況？試加說明。

4. 作者在末段提及「在臉孔不斷改變的街上走過」（原文畫有雙線），試從第 1 段舉出實例，說明「臉孔不斷改變」的意思。又你認為作者藉這句話抒發甚麼感慨？試加析述。

參考答案

1. • 令人感到親切溫馨，仿如回到家一樣。
   • 是該區內的重要景觀
   • 是該區居民生活的一部分
   • 讓區外居民（到訪時）知道身處甚麼地方

2. （1）一幢幢簇新的建築物／新建成的建築物
   （2）豐富的人生經驗／美好結果／豐盛人生／深厚感情／成就

3. • 因為在這些地方發生過的種種生活點滴，正是人們某個時期的生活片
     段，當中的喜怒哀樂，凝聚成珍貴的回憶，令人念念不忘／產生無限
     眷戀。
   • 這些地方孕育了人與人之間（家庭或鄰里）深厚的感情

4. • 第 1 段的實例：熟悉的建築物——消失，取而代之的是一幢幢新的
               建築物，而它們又經常改頭換面。
   • 藉這句話抒發的感覺：慨歎在不停拆毀追求創新的年代下，人們也將
               香港過去的歷史——抹去，以致忘懷過去的歷
               史／對香港欠缺歸屬感／欠缺對文化的認同／
               失卻傳統的價值觀。
   （考生須從「我們將失去自己的根」的意思出發，申述作者對失去了根的感
   慨。）

略析

• 第 1 題着重考核考生對第 2 段內容的理解。這段文字從總述、概述到詳
  述，層層遞進，層次分明，較好回答。

• 第 2 題考核考生對重點詞語的理解，以及間接考核考生對修辭手法的掌
  握。分題（1）及（2）均採用借喻的手法，反映了作者的情感，難點在於
  考生要組織文句回答。

- 第 3 題考核考生對文章前後關聯的分析和綜合理解的能力。雖然描述「灣仔修頓球場」在第 ④ 段，但實際上是對第 ③ 段感慨的具體回應。考生需聯繫上下文，綜合分析後回答。

- 第 4 題考核考生對文章整體感悟和首尾呼應結構的鑑賞能力。第一問指引明確，難點在於對「不斷」這個詞的理解。第二問：「作者借這句話抒發甚麼感慨？試加析述。」這是此前從未出現過的提問，反映出本科閱讀一卷不僅要求考生讀懂，還要求分析文章所反映的感情，以及領悟作者在文章背後隱藏的思想。由於提問開放，考生回答時結合全文分析，不要求統一的答案。

2007 年

篇章一

⑴　2006 年 8 月 24 日，國際天文學聯合會宣佈太陽系只有八大行星，冥王星從此失去行星的身份。也許公眾對結果感到突然，然而，自冥王星被發現以來，其行星身份便備受質疑。

⑵　對冥王星行星地位的質疑，由來已久，因為天文學家在長時期觀察下，發現冥王星的質量被高估了。再者，冥王星的軌道特殊——其他八大行星的軌道差不多在同一平面上，唯獨冥王星的軌道和這個平面形成一個十多度的夾角，這暗示冥王星的誕生來源可能不同。

⑶　不過，引發正式討論的因素，是柯伊伯帶的發現。1951 年，美國科學家柯伊伯帶認為太陽系外圍有小行星，這說法在 1992 年被證實了。其後，科學家更發現在海王星軌道以外，有幾百顆小行星。最近，美國科學家布朗又發現了一個名為「詩娜」的柯伊伯帶天體，比冥王星還要大。這消息為冥王星的行星稱號，敲響了喪鐘。

4 　　有人建議把「詩娜」納入行星之列，但問題是在柯伊伯帶眾多天體中，體形和冥王星相若甚或更大的，肯定大有「星」在——**我們的「行星會員名冊」容得下多少個新「詩娜」？**

5 　　於是科學家著手建立行星的標準。單純以半徑多少、質量多少作為標準是不明智的，因為決定本身純然是**人為選擇**，而別人總可以再問：「為甚麼不把半徑標準放寬或收緊五百公里？」再者，部分天體的半徑和質量是頗難確定的。

6 　　所以國際天文學聯合會以較易觀測的物理性質來定義「行星」：

7 　　第一個條件是「在一條圍繞太陽的軌道上運行」。這是最直接和基本的條件，也是傳統的定義。但是只憑此條件來判斷，別説大量的小行星，連彗星都符合標準，顯然失去了分辨的作用。

8 　　第二個條件是「其擁有足夠的質量，使之能單以自己的引力，令自身得以保持呈球體的狀態」。這個條件便排除了所有拖著長尾巴的彗星及一眾奇形怪狀的小星體，但還不足以把冥王星和詩娜等星體剔出行星之列。

9 　　第三個條件是「清除軌道上的鄰近天體」。這是最具爭議的一條，也是冥王星「出局」的原因。

10 　　有報道説「冥王星不符合這條件，因為冥王星的軌道和海王星相交」，這並不正確。冥王星與海王星的軌道確是相交，但這不是原因，否則邏輯上説不通——那為甚麼海王星可以留下來？冥王星不符合第三個條件的真正解釋，是柯伊伯帶的範圍，大致由海王星軌道外開始，這證明海王星的質量，足以把軌道上大部分的柯伊伯天體清除，而冥王星的軌道，全都在柯伊伯帶的範圍內，可見它不符合第三個條件。

11 　　然而，第三個條件仍然存的問題是：海王星的軌道上還有些屬於柯伊伯帶的天體留下（如冥王星），而冥王星亦肯定曾經清除掉一些很小的柯伊伯帶的天體。

12 　　雖然如此，但這個定義，仍為行星的質量間接定下了一個相對自然的指標。因此，那些滿足了首兩個條件但不符第三個條件的天體，只要不是衛星如月球，一律歸類為「矮行星」，當中包括冥王星及詩娜。我們可以想像，矮行星會越來越多；而八大行星之數，往後則會相對地穩定。

13 　　早期的天文學，由於觀察範圍有限，傾向把發現的天體視為行星。現在，天文學家發現天空遠比我們想像中熱鬧，自然給行星定下較嚴格的標準。相信有很多人，包括筆者在內，都會對冥王星不再是行星感到不習慣。可是，正如小說主人翁金大班在最後一夜後並沒有消失，**冥王星的最後一夜並不是真正的最後一夜**。它只是恢復自己隱士的身份，從此悠然地踱步於太陽系邊緣的後花園：人類發現它、給予它行星地位到除名這七十六年，還不夠它環繞太陽走半個圈（走一圈要二百多地球年）。往後的歲月，它依然會一如既往，悄悄地注視着這太陽系第三行星上的小生命──他們正鬧哄哄地討論怎樣為那些可望而不可即的點點繁星，分門別類、計算排名。

（林思華〈冥王星的最後一夜〉）

題目

1. 請判斷以下的陳述，然後在相應的方格內以 ✓ 號表示；每題限選答案一個。

　　國際天文學聯合會於 2006 年 8 月 24 日宣佈：

	正確	錯誤	部分正確	無從判斷
太陽系只有八大行星；冥王星不再存在於太陽系之中。	☐	☐	☐	☐

2. 天文學家最初質疑冥王星的行星地位，是基於 ＿＿＿＿＿＿＿ 及 ＿＿＿＿＿＿＿ 兩個考慮。

3. 請判斷以下的陳述，然後在相應的方格內以 ✔ 號表示；每題限選答案一個。

天文學家正式質疑冥王星行星的身份，是由於：

	正確	錯誤	部分正確	無從判斷
柯伊伯帶的發現；				
詩娜的發現。	☐	☐	☐	☐

4. 請判斷以下的陳述，然後在相應的方格內以 ✔ 號表示；每題限選答案一個。

作者說：「我們的『行星會員名冊』容得下多少個新『詩娜』？」（第 ④ 段）

	正確	錯誤	部分正確	無從判斷
「行星會員名冊」篇幅有限；				
不想行星稱號用得太濫。	☐	☐	☐	☐

5. 文中用「人為選擇」（第 ⑤ 段）一詞，含意是：
   A. 標準訂定帶隨意性
   B. 標準由國際天文學聯合會訂定
   C. 標準本身缺乏客觀數據
   D. 部分天體半徑難以測度　　　　　　　本題答案：＿＿＿＿＿＿

6. 請判斷以下的陳述，然後在相應的方格內以 ✔ 號表示；每題限選答案一個。

按照國際天文學聯合會為行星所訂定的第三個條件：

	正確	錯誤	部分正確	無從判斷
海王星與冥王星應一同保留行星的地位；				
海王星保留行星的地位。	☐	☐	☐	☐

7. 根據本文第 5 至第 9 段的內容，以下哪一個因素，與確定一個天體是否行星的條件無關？

   A. 行星的半徑
   B. 行星的質量
   C. 行星的軌道
   D. 行星與其他天體的關係 　　　　　　　　本題答案：＿＿＿＿＿＿

8. 作者說「冥王星的最後一夜並不是真正的最後一夜」（第 13 段），句中前一個「最後一夜」是指 ＿＿＿＿＿＿＿＿＿ 的消失，而後一個「最後一夜」是指星體的 ＿＿＿＿＿＿＿＿ 。

9. 本文運用了以下何種說理技巧？
   （請在適當的空格以 ✓ 號表示，可選多於一項。）

條分縷析	
幽默諷刺	
類比推論	
層層遞進	
先虛後實	
先實後虛	
先破後立	
先立後破	

10. 從推論和說明的過程來看，本文共十三段當中，哪兩段並非必須？

   ＿＿＿＿＿＿＿＿＿＿＿＿＿＿＿＿＿＿＿＿＿＿＿＿＿＿＿＿＿＿＿＿＿＿＿＿

參考答案

1.

正確	錯誤	部分正確	無從判斷
☐	☐	✓	☐

2. 質量　軌道

3.

正確	錯誤	部分正確	無從判斷
✓	☐	☐	☐

4.

正確	錯誤	部分正確	無從判斷
☐	☐	✓	☐

5. A

6.

正確	錯誤	部分正確	無從判斷
☐	✓	☐	☐

7. A

8. 行星身份　消失

9.

條分縷析	✓
幽默諷刺	
類比推論	
層層遞進	✓
先虛後實	
先實後虛	
先破後立	✓
先立後破	

10. 第 ⒈ 段和第 ⒔ 段

篇章二

⒈ 春天的雨夜，好友告辭，我堅持要送他到車站。

⒉ 最終，他攔住了我：「送君千里，終須一別，你反正只能陪我一程，就在門口止步吧。」

⒊ 我尊重他的意見。

⒋ 每一個人都只是穿插在他人生活中的一個片斷，這註定永遠只能陪人一程。你愛自己的父母，希望他們長命百歲，但你再孝順他們，他們也會走在你前面，你只能陪父母一程；你喜歡自己的兒女，時刻夢想用自己身軀為他們遮風擋雨，然而，你再高大，總有一天你也要走在他們前面，你只能陪兒女一程；你擁有一個心心相印的妻子，但是，她前面二十多年屬於父母，後面幾十年會被兒女、命運分割，你只能陪妻子一程；你看重朋友之間兩肋插刀的友誼，然而，不是朋友離開你，就是你離開朋友，你只能陪朋友一程⋯⋯

⒌ 因為只能陪人一程，你應該學會珍惜。他們飢餓時，你的關愛要成為一個蘋果；他們寒冷時，你的呵護要變成為一件棉衣；他們快樂時，你的笑容應該是最燦爛的；他們傷心時，你的撫慰應該是最真誠的⋯⋯生活反復印證着：黑夜可以因為篝火的加入而變得明亮，冰雪卻無法因為寒風的參與而化作溫暖。

⒍ 因為只能陪人一程，你也應該學會放棄。你的父母只能撫養你長大，你不要期望他們是你永遠的枴杖，可以支撐你全部的人生；兒女只是與你血肉相連的孩子，而不是你的奴隸，你要懂得尊重他們的人生選擇；妻子向你奉獻了愛情，但她的生命不是愛情的抵押品，你應該給她必要的私人空間；朋友可以溫暖你，但這種溫暖應該是開放的，你不能強行獨佔他人的友誼⋯⋯

7 　　你只是別人生命中的過客，只能與人共走一段路，**這註定了你給予別人的有限性，又怎能要求別人無限付出？**

(游宇明〈只能陪你一程〉)

題目

11. 有人把〈冥王星的最後一夜〉描述為一篇科普文章，析述天文學家對冥王星問題的思考討論過程。試以類似的方式，描述〈只能陪你一程〉這篇文章。

本文是一篇 _____

_____

12. 本文可分成四個部分，每部分的內容在篇章結構上各有其作用。試根據提示完成下表：

段落	説明
第 1 至 3 段	以朋友的説話帶出題旨
第 4 段	
第 5 至 6 段	
第 7 段	

13. 除了第 12 題所説的篇章結構特點外，指出這篇文章其中三種寫作手法，並略作説明。

_____

_____

_____

_____

_____

14. 文章末段說：「這註定了你給予別人的有限性，又怎能要求別人無限付出？」你是否同意作者的看法呢？試舉出一個生活的例子，支持你的看法。

_____

_____

_____

參考答案

11.（本文是一篇）帶抒情的說理散文，透過生活的具體事例，說明對感情應有的態度。

12.

第 4 段	以生活事例闡釋主題。
第 5 至 6 段	以正反事例說明在感情上要善於「珍惜」和懂得「放棄」。
第 7 段	以重申只能陪人走一程這題旨作總結／以反詰方式指出恰當的生活態度

13. 善用比喻／善用反詰／善用排句／多用複疊／以第二人稱的敘述手法／善用省略號／引用（第 2 段中的「送君千里，終須一別」）

14. ● 同意：因為我時常都有很多功課要做，沒有時間理會朋友，所以即使我約朋友去逛街，而他們拒絕我，我並不會抱怨的。／因為相處之道貴乎體諒，如果我們只要求別人，卻不知自己可以付出的很少，就會變成貪心或霸道。例如兒女很容易向父母抱怨，卻沒有想過，自己並沒有給予父母甚麼，只懂得要求。／因為人生有限，所以即使我多努力，給別人的必然是有限的，即使我願意付出我的一切，其實都是有限期的；如果能夠明白這點，我們便能對別人多一點寬容和體諒，因為別人和自己一樣，都是有限的。例如朋友，即使我們多友好，也不可能相伴一生一世。既然如此，我們又何苦對相處的問題斤斤計較呢？

- 不同意：父母的愛就是無限的，他們對我無限的付出，而這與我給予他們多少是無關的。／從客觀的角度看，付出必然有限；但是從感情上看，付出可以是無限的，所以作者的角度太狹窄，未能看出人心靈偉大之處。

略析

- 這一年首次出現題組式題目。用兩篇文章，既分別考核，又互有聯繫。第一篇是說明文，第二篇是散文。第 1 至 10 題依據第一篇文章而設，第 11 至 14 題依據第二篇文章而設。

- 說明文只限於對事物或事件作說明、解釋，試題圍繞所說明的事物設問。第 1 至 3 題考核考生獲取文章基本資訊的能力，第 4 至 7 題考核考生分析、判斷的能力，第 8 題考核考生的綜合理解能力，第 9 題考核考生對寫作方法的掌握，第 10 題考核考生對文章整體結構的掌握。

- 散文的閱讀要求不如說明文那麼精確，反而側重理解作者對觀點的闡述和抒發的情感。第 11 題考核考生的基本文體知識，以及概括文章主旨的能力，第 12 題考核考生對文章結構知識的掌握和概括段落主旨的能力，第 13 題考核考生對寫作手法的掌握程度。第 14 題綜合考核考生的思辨及表達能力，這較之前三題難度稍大，要求考生先正確理解作者的意圖，然後另行組織材料說明對作者意圖的理解；沒有統一的答案，理解準確，說明合理，表達清楚即可。

2008 年

篇章一

以下是某校一位同學在嫦娥一號升空後所寫的隨筆。

1 　　嫦娥一號順利升空，為中國人開始探索月球的第一步，也是中國在尖端科技上的一大成就。在探討今次探月行動時，我們往往把焦點放在中國

科技發展上，而忽略了這個升空壯舉，為中國各方面都帶來極重要的意義。

2　　有關嫦娥奔月的故事，早見於漢代的《淮南子》。這個神秘淒美的奔月故事，歷代不少文人都為之傾倒，寫下不少動人的詩詞歌賦，如李商隱的〈嫦娥〉中言「嫦娥應悔偷靈藥，碧海青天夜夜心」就是一例。可以說，嫦娥奔月的形象，早已在中國人的內心深處留下烙印。今天的探月衛星以「嫦娥」為名，古典的浪漫與先進的科技交融，對中國現代化的形象大有好處。反正日本在九月十四日所發射的探月火箭，也被日本國民暱稱為「輝夜姬」，即月亮女神，可見科技與傳統交融，實屬人同此心，心同此理。然而，多年的登月概念一朝實現，確證中國人有化夢想為現實的能力。

3　　從民生上來看，「嫦娥一號」升空探月，同樣也意義巨大。美國太空探索的經驗告訴我們，雖然太空科技極其高深複雜，但是研發成功，往往可以發展出民用的產品。超級市場所用的條碼，就是由太空科技而來的，由此可知，**今天我們離開太空科技，一天都過不了**。而中國這次探月行動的科技，如果轉為民間應用，會為中國人的生活，帶來質的飛躍。**今天的航天科技**，完全改寫中國人民的生活。

4　　在能源運用上，嫦娥一號所能夠帶來的效益，就更加巨大。按照科學家的研究，月球可以為地球提供兩類的能源：一是從月球上收集太陽能；二是月球本身豐富的礦藏，相信當中會有大量的能源資源。能源短缺是每一個國家都必須面對的嚴肅問題，是每一個國家自身最迫切的困難。假如在進一步的探月行動中，我們終於能登上月球，並且發現地球上所缺少的能源，這為中國、為整個世界的發展，都會帶來深遠的影響。

5　　借用第一位登月者的名言來總結全文：嫦娥工程雖是中國探月行動的一小步，卻是中國科學發展的一大步！

（向華〈探月感言〉）

題目

1. 請判斷以下的陳述，然後在相應的方格內以 ✔ 號表示；每題限選答案一個。

按照文章所言，中國人對於登月的盼望：

	正確	錯誤	部分正確	無從判斷
在一千年前左右產生； 絕對不少於一千年的歷史。	☐	☐	☐	☐

2. 請判斷以下的陳述，然後在相應的方格內以 ✔ 號表示；每題限選答案一個。

嫦娥一號的探月行動，

	正確	錯誤	部分正確	無從判斷
紓解了地球的能源短缺問題； 顯示了地球的能源短缺問題。	☐	☐	☐	☐

3. 在本文第 ② 段中，其中兩個連接詞用得不恰當，令文章的思路難以銜接。試先分別寫出該兩個詞語，然後從以下八個連接詞中選擇最適合的，分別換上。

不過　就如　幸好　不如
所以　再者　雖然　倘若

（1）＿＿＿＿＿＿＿＿ 應以 ＿＿＿＿＿＿＿＿ 替換

（2）＿＿＿＿＿＿＿＿ 應以 ＿＿＿＿＿＿＿＿ 替換

4. 文中第 ③ 段説「今天我們離開太空科技，一天都過不了」。有同學（甲方）認為此説推論不當，有同學（乙方）認為並無問題。請分別指出雙方的理據：

（1）甲方的理據：＿＿＿＿＿＿＿＿＿＿＿＿＿＿＿＿＿＿＿＿＿＿＿

＿＿＿＿＿＿＿＿＿＿＿＿＿＿＿＿＿＿＿＿＿＿＿＿＿＿＿＿＿＿＿

（2）乙方的理據：＿＿＿＿＿＿＿＿＿＿＿＿＿＿＿＿＿＿＿＿＿＿＿

＿＿＿＿＿＿＿＿＿＿＿＿＿＿＿＿＿＿＿＿＿＿＿＿＿＿＿＿＿＿＿

5. 在文中第 ③ 段「今天的航天科技」前，需加上以下哪一項，文章的立論才不致有毛病？
   A. 肯定的是
   B. 可以相信
   C. 事實證明
   D. 無可否認　　　　　　　　　　　本題答案：＿＿＿＿＿

6. 文中第 ⑤ 段與第 ① 段的文意並不呼應，應刪去第 ⑤ 段中的一個兩字詞，才能令該段與第 ① 段互相呼應。試寫出該刪去的兩字詞。

＿＿＿＿＿＿＿＿＿＿＿＿＿＿＿＿＿＿＿＿＿＿＿＿＿＿＿＿＿＿＿＿＿

參考答案

1.

正確	錯誤	部分正確	無從判斷
☐	☐	☑	☐

2.

正確	錯誤	部分正確	無從判斷
☐	☐	☑	☐

3.（1）反正　就如

　　（2）然而　再者

4.（1）沒有太空科技，只是不能過今天如此先進的生活，並不至於活不下去。
　　（2）這只是誇張的表達方法，不應只從字面理解。

5. B

6. 科學

篇章二

1　已經是夜深，微涼的夜風開始變得清冷，露台外望，視野中沒有半點燈光，只有銀白一片，把樹木山影照得歷歷如繪。我很少晚睡，今夜是個例外，獨坐幾個小時，衣服添了，思慮煩惱減了，在寧靜中慢慢生起了一種空靈澄澈——是清冷的夜氣？是如霜的夜華？還是心中的無有？

2　於我，今夜是個例外，於你，今夜卻如永恆。你也要畏寒添衣嗎？心中偶爾的無有是享受，但夜夜如此的無有呢？恐怕是難以忍受的孤寂吧！夜夜如此，你見過多少個晚睡的人？多少個晚睡的人見過你？「嫦娥應悔偷靈藥，碧海青天夜夜心」，嫦娥一如你，無休無止的對着廣漠清寒的世界，是叫人羨慕還是叫人憐憫呢？

3　「應悔偷靈藥」，你會後悔的嗎？你每夜翩翩而至，遨遊中天，倚着彼方的太陽，盡展風姿的時候叫圓，含羞掩面的時候叫缺，或圓或缺，寄託了我們多少期盼與失望？失散的家人重逢，久別的夫妻復合，此情已冷的淒酸，盛筵難再的惆悵；花好月圓，花殘月缺，你和花攜手指代了時間的種種悲歡愛恨。但你真的會為世間的歡樂而圓，為人生的悲苦而缺的嗎？我們有時會對酒高歌，有時會捶胸頓足，你何曾因此更添一分圓，因此多作一分缺？你的圓圓缺缺雖然牽引了不知多少騷人墨客的文思，觸動了多少癡男怨女的愁緒，但李商隱一語道破：「初生欲缺虛惆悵，未必圓時即有情。」說到底，天文學家才是你的知己，隱顯圓缺，都在他們一一

算計之中，和你秋容最匹配的不是春花，而是數字，準確而冰冷。你雖然臨顧萬方，但始終只是遠遠的觀照，好像一面大圓鏡，照見了諸般美醜，但沒有讓任何美醜在你身上留下痕跡，你總是那麼明淨，那麼嫵媚。「衰蘭送客咸陽道，天若有情天亦老」，你永遠都那麼年青，是不是因為你本就無情？

4　　你雖如此，但我們卻不是無情的，儘管不準確，但也不冰冷。人生得失不可能處處掌握，當然不可以太介懷，但卻不可以不努力。親人、夫妻、朋友以至師生、同事，多一分關顧體恤就圓一點，減一分怨尤猜妒就缺少些，其中圓缺既非必然，更不能決於算計。形軀無助，生老病死總是身不由己，但人間有情，悲歡愛恨都在於一念之間。「**豈能盡如人意，但求無愧於心**」，你的圓缺，_遠在九天之上_，我無能亦無意；我的圓缺，就在_懷抱之內_，**不可必卻可期**。

5　　東方既白，夜寒消褪，天地間漸漸暖和起來。

（佚名〈不圓亦圓〉）

題目

以下是一篇分析〈不圓亦圓〉的文章，當中部分內容須由考生填寫、選擇。請考生根據指示作答：

（1）在填充部分，填寫正確的答案；

（2）在選擇題中，每題選出一個最適合的答案，並於相應的方格內以 ✓ 號表示。

在篇中，作者 7.

徹夜觀月，帶出自己對人生態度的看法	☐
整夜苦惱，為找出月亮對人生的啟示	☐
一夜無眠，看透月亮的真像	☐
通宵達旦，重新審視自己對人生的看法	☐

。第 1 段是引言。

第 ② 段作者 8.

與月亮對話 ☐
向月亮傾訴 ☐
向月亮發出疑問 ☐
和月亮交流 ☐

，他想到自己偶然晚睡和月亮恆常夜出，

由此而對月亮產生 9.

憐憫之情 ☐
依戀之心 ☐
不捨之感 ☐
憂患之思 ☐

。第 ③ 段筆鋒一轉，指出我們把人生的變幻

投射到月亮的盈虧之上，其實月亮 10.

自來自往 ☐
自由自在 ☐
自滿自足 ☐
自圓自缺 ☐

，並沒有甚麼情感，是人自作多情而已。

到了第 ④ 段，作者由月的無情，想到人的有情，認為人生

11.

即使能如月亮般盈虧有序，仍需保持人情味，才有意義 ☐
雖不如月亮般盈虧有序，但人情味因此更濃厚，人生的意義就更明顯 ☐
雖不如月亮般盈虧有序，但與人相處，卻不可不全情投入 ☐
應該盡量追求如月亮般盈虧有序，避免變幻起落 ☐

。

第 ⑤ 段是文章的結束，在文意上

	正確	錯誤	部分正確	無從判斷
12. 呼應第 ① 段作出對比；承接第 ④ 段作為收結。	☐	☐	☐	☐

至於在段落銜接上，作者多次使用相同的手法，把 13. 上一段的 _____ 作為下一段的 _____；而在這些段落之間，文意也重複出現相同的關係，下一段對上一段的說法有點 14. _____ 的意味。

作者在文章第 ④ 段提出「不可必卻可期」這種人生態度，意念顯然是來自「豈能盡如人意，但求無愧於心」的，但又比後者表現得更為 15. ＿＿＿＿＿＿＿＿＿＿＿＿＿＿＿＿＿＿＿ 。

此外，如果把該段的「懷抱」改為「世界」，表面上可能和「遠在九天之上」對應得更為工整，但在文意上卻會削弱了和全段主旨的呼應，因為文章所要凸顯的是 16. ＿＿＿＿＿＿＿＿＿＿＿＿＿＿＿＿＿＿ 這一面。

最後，「不可必卻可期」可以說是為全文點睛，對自己的日常生活很有啟發性，下面就是一個可以印證這種態度的具體事例：（以不多於 100 字寫出，標點符號計算在內。）

17.

參考答案

7. 徹夜觀月，帶出自己對人生態度的看法　☑
   整夜苦惱，為找出月亮對人生的啟示　☐
   一夜無眠，看透月亮的真像　☐
   通宵達旦，重新審視自己對人生的看法　☐

8. 與月亮對話　☐
   向月亮傾訴　☐
   向月亮發出疑問　☑
   和月亮交流　☐

9. 憐憫之情　☑
   依戀之心　☐
   不捨之感　☐
   憂患之思　☐

10. 自來自往　☐
    自由自在　☐
    自滿自足　☐
    自圓自缺　☑

11. 即使能如月亮般盈虧有序，仍需保持人情味，才有意義　☐
    雖不如月亮般盈虧有序，但人情味因此更濃厚，人生的意義就更明顯　☐
    雖不如月亮般盈虧有序，但與人相處，卻不可不全情投入　☑
    應該盡量追求如月亮般盈虧有序，避免變幻起落　☐

12.

正確	錯誤	部分正確	無從判斷
☑	☐	☐	☐

13. 語句　開頭

14. 質疑／懷疑／相反／反駁

15. 積極／進取／主動

16. 人際關係／人與人之間的感情／關懷

17.（自由作答，能對應文章主題，即：雖然不一定有成果，但仍願意努力；
　　或以具體事例加以論證樂觀積極的人生態度。）

略析

- 從 2007 年開始，儘管閱讀理解試題的分數在中文科所佔比例從 30% 下降至 2013 年的 25%，但文章的閱讀量和試題的數量卻大大地增加。

- 2008 年閱讀理解白話篇章有兩篇，第一篇有六條題目，第二篇有十一條題目（或考點）。試題的呈現方式也與以往多有不同。

- 第一篇文章的題目，着重考核考生批判思維能力及以之為基礎的評價應用能力。第 1、2 題不是直接考查文中的內容，而是考核考生對重點段落（第 ②段、第 ④段）的理解及分析推理能力。

- 第 3 題主要考核考生對連接詞的理解與應用能力。

- 第 4 題考核考生對寫作手法的理解與評價能力。

- 第 5 題考核考生的語言表達能力，關鍵在清晰理解前後文的邏輯關係的基礎上，能準確運用關聯句子使表達更縝密。

- 第 6 題側重考核考生的邏輯思維能力。

- 第二篇白話文章的試題，採用仿照閱讀報告的方式呈現，對考生而言，雖然實際上題目仍然是選擇題、判斷題、填充題，但答題的過程也是閱讀理解一篇文章的過程。

- 第 7 至 11 題重點考核考生對文章段落大意及主要內容的分析、歸納能力。

- 第 7 題要求考生歸納第 ①段的大意。

- 第 8、9 題考核考生對 ② 段的理解，以及歸納該段大意。

- 第 10 題考核考生對第 ③ 段核心內容的理解。

- 第 11 題要求考生歸納第 ④ 段的大意。

- 第 12 至 14 題重點考核考生對寫作手法的掌握。

- 第 12 題評估考生對段落與文章結構的關係的理解程度。

- 第 13、14 題考核考生對寫作技巧的分析能力。

- 第 15 題評估考生對重點句子的理解。

- 第 16 題考核考生對文章主旨的理解。

- 第 17 題考核考生在對文章主旨準確理解這基礎上的評價能力、思辨能力和文字表達能力，是一道考查綜合能力的題目。

2009 年

篇章

①   和幾個朋友午膳，菜叫多了，剩下一點。相望一眼之後，其中一個把盤子拿到跟前，大口大口的一掃而光，對着我們說：「唔好冇衣食。」(意指不要浪費食物)

②   「衣食」是一個久違了的用語，小時候聽過不知多少次，但這些年來又不知多久沒再聽過。那時候對詞意其實並不明白，但這句話的立場卻很清楚——用來責難對食物的浪費；吃飯，不僅碗裏的要完全吃光，而且連桌子上的一粒半粒也要小心的撿起來放進嘴巴裏，否則就要捱「冇衣食」之罵。長大之後，衣食兩字的意思當然明白了，甚至還可以談談出處，例如《管子》「倉廩實，然後知禮節；衣食足，然後知榮辱」；《韓非子》「謂衣與食孰急於人，則是不可一無，皆養生之具也」等等。不過，《管子》

也好，《韓非子》也好，裏面的衣、食本來都分指衣和食兩樣東西，但粵語「冇衣食」在我的印象中，從來都只是罵人浪費食物，罵人浪費衣服的從未見過。「**衣食**」似乎已經成了**偏義複詞**，就如「**妻子**」本來是指妻和子的，但現在卻只指老婆，不管兒女了。

③　　為甚麼會這樣？我猜想大概是因為浪費食物遠比浪費衣服常見。剩下半枱子的菜餚人人都看得見，但滿衣櫥衣服就恐怕連丈夫也不大曉得；再說，買了名貴衣服珍而重之捨不得穿，究竟是愛惜還是浪費也不容易說清楚。所以，「浪費食物」這詞語我們耳熟能詳，但「浪費衣服」卻是根本沒人這麼說的。「衣食」之由「衣」與「食」變為了只有「食」，大概就是這個道理。

④　　中國以農立國，對農事向來十分尊重。皇帝春耕之先要作象徵式的耕田，穀熟的時候要把農穫祭天祭祖，都帶出同一信息。所以歷史上農民雖然活得很苦，但在社會序列上卻很高，僅次於士，而在工商之上。作為農事成品的米糧，也順理成章享有特別地位。因此，**愛惜食物不僅是維持生命的理性考慮，而且更成了善善惡惡的道德訴求**，「冇衣食」和「不孝順」一樣，是會受到良心譴責的。我們都讀過李紳的〈憫農詩〉：「鋤禾日當午，汗滴禾下土，誰知盤中飧，粒粒皆辛苦。」裏面一粒一粒其實藏有中國文化的內核，在氤氳飯氣之中，瀰漫着民胞物與的人道關懷。

⑤　　因此，前幾天在報刊的專欄中看到這樣的說話時，我不禁心有戚戚然。那位專欄作家和從澳洲回來的朋友吃早餐，甚麼火腿通粉、炒蛋、多士等點了一大堆。他說：「吃不掉，也沒關係的。」朋友這樣回應：「我們那兒常常說一句話『**想想那些空着肚子的窮人吧**』，點了食物一定要吃完，吃不掉就不要點那麼多。」那位作家又佩服又慚愧。

⑥　　我也佩服嗎？不！慚愧嗎？不！因為從前我也是這麼做的，不僅我一個，所識所知的長輩同輩也是這樣的。直到這一次，有人對我說：「你不要單單用嘴巴去吃，還要用腦袋去想想呀……

⑦　　把東西都吃完又怎麼樣？空着肚子的窮人會因為你勉力吃完而飽起來嗎？這樣做有甚麼實質效果？除了可能因過食而過胖而多花點時間去

運動減肥之外！時間也是資源，你不是虛耗得更多嗎？

但把東西留在桌子上最後只會倒掉，這樣不是很浪費嗎？想到世界上還有多少嗷嗷待哺的人，這樣浪費良心上怎過得去？

不錯，浪費很令人反感，我非常反對，但勉強吃光就是不浪費嗎？浪費是指把有用的東西廢棄，這些吃剩的東西有用嗎？

有，食物的首要功能是維持生命，附屬功能是味覺享受，當然有用。

不過，你之不再吃，是因為已經吃飽了，生命肯定可以維持，而勉強吃下去是個苦差，還說甚麼享受！此時此刻這些吃剩的東西對你完全沒有用的，廢棄沒用的東西怎麼可以說是浪費？

對我沒用但對空着肚子的人有用呀！

對，那麼這些食物要放進空着的肚子裏才不致浪費，自己勉強吃下去只會令本來有用的東西變成無用，這才是浪費！

你簡直強人所難，餐館裏哪裏可以隨便找到空着肚子的人？

很容易的，這個人遠在天邊，近在眼前，就是你自己。此時此刻你固然不需要，也不想再吃，但三、五個小時之後肚子就會空起來，這時剩下的東西既可以維持生命，又可以提供享受，才可以發揮它的用處，這樣才是真正的不浪費，拿個盒子把東西盛起來吧！

隔了幾個小時東西就不好吃了！

想想那些空着肚子的窮人吧！」

8 那一次東西有沒有勉強吃光已經忘記了，但悶棍卻肯定是吃了一記。不過，這一記悶棍倒不是太難吃的，難吃的還在後頭。

9 我向來尊重吃素的人。有的因為信仰，有的因為健康，但最常踫到的，卻是基於人道的考慮。不想一己口腹之欲而令眾生受苦，藹藹然仁者胸懷，怎不令人肅然起敬！

10 自己算不算也是仁者呢？勉強是吧，看到幾十隻豬擠在火車貨卡裏動彈不得，看到剝了皮的鵪鶉戰戰巍巍的發抖，我總是很難受；知道把家犬宰來吃的混蛋給判了刑，把小貓大力摔死的壞東西收了監，就覺大快人心。不過，我卻是吃魚吃肉的，想來相當矛盾，但同樣矛盾的大有人在。

11 佛家說一滴水有八萬四千蟲，佛教徒卻不能不喝水，即使喝前唸咒超

生以求補救，結果還是殺了生，這是無以解決的矛盾之一，之二之三還多的是。《射鵰英雄傳》引佛經：老鷹撲殺白鴿，白鴿躲到高僧懷裏，高僧怎麼辦？不救，白鴿被殺；救，鷹雛餓死，最後高僧割肉餵鷹。這固然偉大，但只能作為信仰的最高型態，現實是決不可行的。只要再來幾隻老鷹，那高僧如何？杜甫就有這樣的困惑，他的〈縛雞行〉一詩云：

⑫　小奴縛雞向市賣，雞被縛急相喧爭。家中厭雞食蟲蟻，不知雞賣還遭烹。

雞蟲于人何厚薄，吾叱奴人解其縛。雞蟲得失無了時，注目寒江倚山閣。

⑬　杜甫眞為難，雞啄食蟲蟻，殺一雞而可以保千百蟲蟻之命，當有大功德，那是不是要把雞都宰了？同樣，吃一大魚則千百小魚得以免遭魚吻，是不是要多吃魚？說到底，食肉動物以吞噬食草動物維生，食草動物以吞噬植物維生，以你生換我生，生命方可存活繁衍，這是造物者的生命規劃，天地本就不仁，我們可以如何？

⑭　孟子說**君子遠庖廚**，但肉還是照樣吃的，否則就毋須在魚與熊掌之間作取捨。「聞其聲不忍食其肉」的是一般人，而不聞其聲就大啖其肉的也是一般人。研究慈善捐款的人指出，捐款行善的人，想要的結果往往只是「感覺良好」，而不大探究是否真的幫到人，或是幫到甚麼人。

⑮　天地生陰陽二氣，相反而相成，這是否就是天地的真象？

⑯　**我夾了一片叉燒入口，細細咀嚼這個問題。**

（佚名〈民以食為天〉）

題目

以下是一篇分析〈民以食為天〉的文章，當中部分內容須由考生填寫、選擇。請考生根據指示作答：

（1）在填充部分，填寫正確的答案；

(2) 在選擇題中，每題選出正確答案，然後塗滿與答案相應的圓圈；每題限
　　選答案一個。

〈民以食為天〉一文環繞 1. _____ 這個主題而談。文章內容
包含四個重點，分別是 2. _____ 、 3. _____ 、
4. _____ 及 5. _____ 。

在文章首段，作者以生活小事作為 6. _____ ，帶出第一及第二
個重點，特別指出「愛惜食物不僅是維持生命的理性考慮，而且更成了善善
惡惡的道德訴求」。

這句話可以解釋中國人 7.

A. 對食物的講究 ◯
B. 對農民的尊重 ◯
C. 對父母的孝順 ◯
D. 對文化的維護 ◯

他在文中提及「冇衣食」之為不道德，與「不孝順」同等。

至於作者對於吃光桌上食物的做法既不佩服，又不慚愧，因為他以前吃東西
時也是：

	正確	錯誤	部分正確	無從判斷
8. 要做的做到了； 　 不應做的沒有做。	◯	◯	◯	◯

不過，作者後來認為不應把桌子上的食物勉強吃光。他這種看法，是經過思
考的，其論證的過程是：（選出正確排序）

（1）吃飽後，吃剩的食物就對人無用，不吃不算浪費。
（2）要令食物重新有用，要待人肚餓。
（3）浪費是指拋棄對人有用的事物。
（4）要保留食物，至肚餓時吃掉，才不浪費。
（5）勉強進食，反而於己有損。

9.   A.（1）（4）（3）（5）（2） ◯
      B.（3）（1）（4）（5）（2） ◯
      C.（3）（1）（5）（2）（4） ◯
      D.（1）（4）（2）（3）（5） ◯

作者在論證的最後，借用「想想那些空着肚子的窮人吧」一句，在論辯手法上，是 10. 以 ＿＿＿＿＿＿＿＿＿＿＿＿＿＿＿＿＿＿＿＿＿＿＿＿＿＿＿ 。

然後在文中，指出吃素的原因很多，但作者沒有提及以下一種：

11.   A. 敬奉神明 ◯
      B. 愛惜自然 ◯
      C. 防範疾病 ◯ 。由吃素而想到殺生，作者思想上很矛盾，
      D. 人道精神 ◯

因為自己鄙視殺害貓狗的人，

	正確	錯誤	部分正確	無從判斷
12. 自覺較他們高尚，但實質上和那些人沒有分別； 重視動物的生命，多於人類的權利。	◯	◯	◯	◯

接着作者舉出《射鵰英雄傳》引佛經的故事，說明

	正確	錯誤	部分正確	無從判斷
13. 慈悲為懷的重要性； 殺生往往不可避免。	◯	◯	◯	◯

跟着又引杜甫〈縛雞行〉一詩。詩中家奴縛雞與杜甫放雞的動機是 14. ＿＿＿＿＿＿＿＿＿ 的，但行為卻是 15. ＿＿＿＿＿＿＿＿＿ 的。

最後，作者討論到孟子的「君子遠庖廚」，他認為孟子這個說法只是

16.
- A. 掩耳盜鈴 ◯
- B. 畫蛇添足 ◯
- C. 因噎廢食 ◯
- D. 自相矛盾 ◯

。除了文中提及慈善捐款的事例外，孟子這個說法也令

我對自己的生活習慣，有以下的反省：（以不多於 60 字寫出，標點符號計算在內。）

17.

而全文以「我夾了一片叉燒入口，細細咀嚼這個問題」收結，這和〈縛雞行〉一詩中的「雞蟲得失無了時，注目寒江倚山閣」相應，都是表達了這樣的感受：

18. _____ 。

在表達手法上，作者喜歡語帶相關，例如 19. _____

_____ 一句；此外也擅用幽默手法，例如

20. _____ 一句。

另外，我們也可以從文中學習到一些語文知識，例如第 2 段所提及的偏義複詞，從「衣食」及「妻子」等例我們可以想到，

21.
A.「忠告」◯
B.「國家」◯　也是偏義複詞。
C.「深淺」◯
D.「愛情」◯

除此之外，文中引用了〈憫農〉和〈縛雞行〉兩首詩歌，以下其中兩項，是這兩詩的共同特點：（請在適當的空格以 ✔ 號表示；限選兩項。）

22.

律詩	
關乎人倫之愛	
表達憐憫之情	
指出人生矛盾	
具諷刺意味	
多用白描	
比喻恰當	
善用對偶	

參考答案

1. 飲食／食

2. 衣食（一詞）的由來／衣食（一詞）的討論／如何定義衣食

3. 中國人對食物的重視／中國人對食物的態度／食物在中國人心中的地位

4. 如何不浪費（食肆）廚餘／如何不浪費食物／討論浪費食物

5. 肉食素食的矛盾／人生的矛盾／天地矛盾的本質

6. 引子／引起／開端／開展／引入

7. B

8.

正確	錯誤	部分 正確	無從 判斷
●	○	○	○

9.　C

10.　（以）子之矛，攻子之盾／（以）牙還牙／（以）眼還眼

11.　B

12.

正確	錯誤	部分 正確	無從 判斷
○	○	●	○

13.

正確	錯誤	部分 正確	無從 判斷
○	○	●	○

14.　相同

15.　不同／相反

16.　A

17.　（自由作答，反省的內容能切中重心，即「掩耳盜鈴」或「自欺欺人」；或舉出事例，以說明表面上是做了一件好事，實質上所做的僅能使自己感覺良好。）

18.　無奈／惘然無解

19.　「只管老婆，不管兒女。」／「在氤氳飯氣之中，瀰漫着民胞物與的人道關懷。」／「那一次東西有沒有勉強吃光已經忘記了，但悶棍卻肯定是吃了一記。」／「我夾了一片叉燒入口，細細咀嚼這個問題。」

20.　「只管老婆，不管兒女。」／「剩下半枱子的菜餚人人都看得見，但滿衣櫥衣服就恐怕連丈夫也不大曉得。」／「買了名貴衣服珍而重之捨不得穿，究竟是愛惜還是浪費也不容易說清楚。」／「你簡直強人所難，餐館

裏哪裏可以隨便找到空着肚子的人？很容易的，這個人遠在天邊，近在眼前，就是你自己。」／「我夾了一片叉燒入口，細細咀嚼這個問題。」

21. B

22.

律詩	
關乎人倫之愛	
表達憐憫之情	✓
指出人生矛盾	
具諷刺意味	
多用白描	✓
比喻恰當	
善用對偶	

略析

- 這一年的考試，雖只有一篇文章，但文章的篇幅較長，閱讀量較大。試題繼續採用仿照閱讀報告的方式呈現，達二十二題。既考核考生對文章主旨、段落大意的理解，也考核對於重點句子、文章思路、論證方式、寫作手法的分析和評價，還同時評估考生對議論文、古典詩歌的表現手法和語言基礎知識的掌握程度。

- 第 1 題考核考生對全文主旨的理解和歸納的能力；由於文章較長，寫作手法多樣，考生作答此題需抓住主線，摒棄干擾。

- 第 2 至 5 題既考查考生對文章結構的分析能力，同時評估對各層次大意的理解與歸納的能力，要求考生將十六段的文章分為四個層次，並分別歸納各層次的大意。

- 第 6 題問到第 1 段與文章整體的關係，屬於文章結構內容的提問。

- 第 7 題主要問考生對重點句子的理解。

- 第 8 題考查考生在理解作者觀點的基礎上的推理能力。

- 第 9 題既考查考生對作者每個論據的理解與歸納的能力，同時評估考生的邏輯思維能力。

- 第 10 題考查考生對議論文論辯手法的掌握及文字表達的能力。

- 第 11 題考核考生對重點句子的分析能力。

- 第 12 題考查考生對文中一個段落內容的理解及分析的能力。

- 第 13 題評估考生對一個論據的理解與分析的能力。

- 第 14、15 題考查考生對古詩歌內容的理解與分析。

- 第 16 題考查考生對重點句子的理解程度。

- 第 17 題考查考生在對重點句子理解的基礎上作出評價的能力，以及思辨和文字表達的能力。

- 第 18 題評估考生對文章重點句子、古詩歌、作者觀點的理解及歸納的能力。

- 第 19、20 題考查考生對文章的表達手法的分析能力。

- 第 21 題考查考生對語言基礎知識的掌握和遷移的能力。

- 第 22 題評估考生對古典詩歌內容的理解及表現手法的了解程度。

2010 年

篇章

[1] 　　自嘲可以有二解。一種**膚面的**，字典式的釋義，是跟自己開個小玩笑。一是入骨的，是以智慧觀照世間，人我平等，看到並表明自己的可憐可笑。專說後一義，因為這**有好處或說很必要**。人都有自大狂的老病，

地位、財富、樣貌、才藝、學問等本錢多的可能病較重，反之可能病較輕。有沒有絕無此病的人呢？我認為沒有，如果有人自以為人皆自大，唯我獨無，那他也太自大了，正是有病而且不輕的鐵證。自大的人如果事事如意還好，一旦失意，病重的難免怨天尤人，自怨自艾，不思進取，只知批評。有病宜於及時治療，而藥，不能到醫院和藥店去求，只能反求諸己，需有自知之名；但徒能自知仍未足夠，還需由自知上升為自嘲。至於自嘲的療效，也不可誇大，要實事求是，才有可能使自大狂的熱度降些溫。

2　　為甚麼忽而說起這些呢？是因為偶然翻翻《笑林廣記》，覺得其中《腐流部》的一些故事頗有意思。有意思，不是因為故事中的人物可笑，而是因為，至少我這樣看，故事中人和編寫的人，大概不是對立的而是同路的，於是持鏡自照，就看見自己可憐可笑的一面，這眼力就來自超常的智慧，而寫出來，用現在流行的話說，就有教育意義。奇文共賞，先抄出兩則看看。

(i) 〈腹內全無〉：一秀才將試，日夜憂鬱不已。妻乃慰之曰：「看你作文如此之難，好似奴生產一般。」夫曰：「還是你們生子容易。」妻曰：「怎見得？」夫曰：「你是有在肚裏的，我是沒在肚裏的。」

(ii) 〈投胎〉：有初死見冥王者，王謂其生前受用太過，判來生去做一秀才，予以五子。鬼吏稟曰：「此人罪重，不應如此善遣。」王笑曰：「正惟罪重，我要處他一個窮秀才，給他許多兒子，活活累殺他罷了。」

這兩則也是嘲笑秀才的。如果我的推斷不錯，都是秀才之流自編，那就大有意思，正說到我的心窩裏。我青少年時期犯了路線錯誤，不治生計而治學，古今中外，唸了不少亂七八糟的書，結果不得不加入秀才之群。一直寫不出可登大雅之堂的文章，更不要說藏之名山了。我有個老友，有學能文，可是很少動筆，有人勸他著述，他說：「**獻醜**的人已經不少，何必再多我一個！」我每次拿筆就想到他這句話，可是**老毛病**難於根治，只好心裏說兩次「慚愧」敷衍過去。再說另一面。我是芸芸眾生的一份子，與其他芸芸眾生一樣，也毫不猶豫地認命：自己要吃飯，伴侶要吃飯，孩

子還是要吃飯，可是飯要用錢換，而錢，總是姍姍其來遲，而且比所需的少。這樣，無文，無錢，兩面夾攻一秀才，苦就不免有千端萬端。如何苦中作樂？就是翻看《笑林廣記・腐流部》，一如向曾是紅顏的荊婦借一面小鏡，翻看一則，端相一下鏡內的尊容，所得就遠遠超過看戲劇、電影，用俚語說是真過癮，用雅語說是豈不快哉。

3　　以上可算是不惜以金針度人了。俗語說，人苦於不自知，也可以說人慣於不自知。男士、女士，十之八九自詡為今世之潘安、飛燕。這是人之常情，而且於人無損，可以諒解。不可諒解的更多，小者如盜竊而以為必不敗露，大者如一發動甚麼就以為必利國利民等等……哲人就比較高明，據說有個所謂先知問蘇格拉底：「神說你是最聰明的人，為甚麼？」**蘇格拉底**答：「想是因為我明白有些事自己還不明白。」中國的孔老夫子說「不知為不知」，大概也是這個意思。患自大狂病的人就不這樣想，而是以為無所不知；有時病加重，還會舉刀劈不同意自己之知的人，甚至掄起板斧劈「不可知論」①。其結果呢，自然是事與願違，只能證明自封的無所不知恰恰是無知。人應該有自知之明，自知之明包括兩方面，一是知之所能或所長，一是知之所不能或所短。自知所能或所長，容易，但也容易失實，因為有自大狂的老毛病在陰暗處作祟；自知所不能或所短，不容易，也因為有自大狂的老毛病在陰暗處作祟。所以一定要有自知之明，這樣才可以衝破自大的藩籬，令智慧佔上風。這就要跳到身外，看生活在人群中的自己，旁觀者清，一射而透，就看見自己可憐可笑的一面：原來以為才高八斗，實則充其量不過一升半升；原來以為力能扛鼎，實則不過僅能縛雞；原來以為美比潘安、飛燕，實則充其量不過貌僅中人等等……但徒有自知不夠，一定要更上一層樓，對自己的不足從容面對，坦然豁達，進而拿自己開玩笑。這樣才不會終日自怨自艾，而可以平常心承受得失順逆。這樣，如果曾經向上爬而跌下，著文而無處肯發表，甚至十分鍾情而受到冷遇，也就可以視為當然而一笑置之了。這笑是大智慧所生。笑也能生，所生不只是心情的平靜，而且是心情的享受，還是用前面的話形容，真是豈不快哉。

4　　順勢說下去之前，還要先說幾句謹防假冒的話。其一，自嘲與客套的自謙大不同。街頭常聞、紙面常見的「鄙人才疏學淺……」，是依慣例，

等待答話「客氣，客氣」的說法，這是自負從另一個渠道放出來，如果要呼朋引類，就只能去找自大。其二，與牢騷也大不同，因為牢騷中有自負的成份，而且顯然仍未能把得失榮辱看透。其三，與諷刺的關係，是有同也有異。於鄭重中看到輕鬆的一面，是同。異呢，以小說為例，**果戈理**的《死魂靈》和**夏目漱石**的《我是貓》，我們讀，都能看到含淚的微笑，可是前者，作者不是現身說法，後者是。我們說前者是諷刺他人的幽默，後者是諷刺自己的幽默。諷刺自己的幽默才是自嘲，諷刺他人不是。兩者都是用慧眼看到的，但看自己要跳到身外，這才是大智慧。

⑤　　大智慧，稀有。尤其是貨真價實的。以**魯迅**的〈自嘲〉詩為例：

> 運交華蓋 ② 欲何求，未敢翻身已碰頭。破帽遮顏過鬧市，漏船載酒泛中流。橫眉冷對千夫指，俯首甘為孺子牛。躲進小樓成一統，管他冬夏與春秋。

這名為自嘲，細玩文意其實主要還是牢騷，那就不能算是真正老王麻子剪刀 ③。真品難求，先到故紙堆裏找找。可惜我昔日唸的幾乎忘光了。搜索枯腸，只想到作〈酒德頌〉的**劉伶**。且抄舊文：

> 伶處天地間，悠悠蕩蕩，無所用心。嘗與俗士相忤，其人攘袂 ④ 而起，欲必築之。伶和其色曰：「雞肋豈足以當尊拳。」其人不覺廢然而返。

此與項羽在烏江之刎前仍堅持「此天之亡我，非戰之罪也」相比，自知為雞肋就高明多了。

⑥　　再看現在，就躍出兩位。一位是我的大學同學王君，在我的同行輩中善於又樂於自嘲。值得談的不少，只舉一事，是他當作軼事告訴我的。年輕的時候，他也談情說愛，自以為完全勝利了，晝夜飄飄然；一個偶然的機會，得知女方正在買結婚用物，就更飄飄然；又一個偶然的機會，得知女方心目中的人原來不是自己，就這樣，他說：「又失望一次。」他說這些，真像《我是貓》中貓和主人那樣，既慧眼，又大度，所以我許為自嘲的真正老王麻子。另一位是大名鼎鼎的書法家啟功先生，他寫了一首〈沁園春〉：

檢點平生，往日全非，百事無聊。計幼時孤露，中年坎坷，如今漸老，百事俱拋。半世生涯，教書賣畫，不過閒吹乞食簫。誰似我，這有名無實，飯桶膿包。偶然弄些蹊蹺。像博學多聞見解超。笑左翻右找，東拼西湊，繁繁瑣瑣，絮絮叨叨。那樣文章，人人會作，慚愧篇篇稿費高。從此後，定收攤歇業，再不胡抄。

這一首確是貨真價實的老王麻子。

7　　讀者中不乏好事者，也許要問：「你自己如何？也自嘲嗎？」答覆是也曾附庸風雅，寫了一些，為節省篇幅，只抄一首最短的〈調笑令〉湊湊熱鬧：

書畫⑤，書畫，日日年年章句。搜尋故紙雕蟲，不省山妻腹空。空腹，空腹，默誦燈紅酒綠。

其實，我自己知道，這不過是紙上談兵，真實的人生卻一言難盡。我曾經有理想，或幻想，有時候在某些方面就不能不痴迷。結果，就往往如我那位同學王君，常常是失誤幻滅。悵惘、苦惱，無濟於事，最好還是走自嘲的路，變在內的感慨為在外的欣賞。慚愧，為天和人所限，常常是知之而未能行。自嘲的金針備而不用，可惜，所以度與有緣的讀者諸君，也借一面小鏡，對着《笑林廣記‧腐流部》照照自己吧。

(張中行〈自嘲〉)

【註釋】

① 不可知論：一種哲學理論，認為事物的本質和真象是無法知道的。
② 運交華蓋：意即交上霉運。
③ 老王麻子剪刀：王麻子是北京剪刀名店，不少仿造贗品也自稱老王麻子剪刀。
④ 袂：衣袖。
⑤ 蠹：蛀書蟲。

題目

1. 文章共有七個段落，試把未填寫的段落大意填寫在下表的橫線上。

段落	大意
第 1 段	指出自嘲的必要性和作用。
第 2 段	（1）
第 3 段	（2）
第 4 段	指出自嘲與自謙、牢騷、幽默的分別。
第 5 段	（3）
第 6 段	舉事例說明真正的自嘲。
第 7 段	感慨自己只會紙上談兵。

2. 第 1 段中，為甚麼作者說自嘲「有好處或說很必要」？試略加說明。

   （1）「有好處」是因為：_____

   （2）「很必要」是因為：_____

3. 為甚麼作者說《笑林廣記》的故事有意思？
   （1）故事中的人物可笑
   （2）編者富幽默感
   （3）自己感同身受
   （4）富教育意義

A. （1）（3）

B. （2）（4）

C. （1）（2）（4）

D. （2）（3）（4）

A	B	C	D
◯	◯	◯	◯

4. 《笑林廣記》兩個故事分別諷刺了秀才哪兩種境況？試在第 2 段中，分別摘錄兩個字作答。

（1）〈腹內全無〉諷刺秀才：☐☐

（2）〈投胎〉諷刺秀才：☐☐

5. 承上題，作者引《笑林廣記》的故事嘲笑誰？試根據文意略加說明。

_____

_____

_____

6. 下列句子摘錄自第 2 段，試根據文意説明附有橫線的粗體字所指的是甚麼事情。

他說：「**獻醜**的人已經不少，何必再多我一個！」我每次拿筆就想到他這句話，可是**老毛病**難於根治，只好心裏説兩次「慚愧」敷衍過去。

所指的是：_____

7. 在第 3 段中，作者説有些「不自知」可以諒解，有些「不自知」不可以諒解，原因何在？試扼要説明。

（1）「可以諒解」是因為：_____

（2）「不可以諒解」是因為：_____

8. 根據本文有關「自知」和「自嘲」的分析，判斷以下各題陳述，選出正確答案；每題限選答案一個。

	正確	錯誤	無從判斷
(1) 自嘲者必自知。	◯	◯	◯
(2) 自知者必自嘲。	◯	◯	◯

9. 下列句子摘錄自第 5 段劉伶的逸事。試根據文意，推敲句中標有▲號字詞的意思，把答案寫在橫線上。

　(1) 嘗與俗士相忤，其人攘袂而起，欲必築之。　　築：＿＿＿＿＿＿＿＿
　　　　　　　　　　　　　　　　▲

　(2) 伶和其色曰：「雞肋豈足以當尊拳。」　　　　色：＿＿＿＿＿＿＿＿
　　　　　　▲

10. 下段引文摘錄自《世說新語》，有人認為是「諷刺」，也有人認為是「自嘲」。試根據〈自嘲〉一文對「諷刺」和「自嘲」的分析，判斷阮咸所為是「諷刺」或是「自嘲」，並加說明。

　阮咸、阮籍居道南，諸阮居道北。北阮皆富，南阮貧。七月七日，北阮盛曬衣，皆紗羅錦綺。阮咸以竿掛大布犢鼻褌（粗布短褲）於中庭。人或怪之，答曰：「未能免俗，聊復爾耳。」（舊俗七月七日曬衣服，以防蟲蛀。）

＿＿＿＿＿＿＿＿＿＿＿＿＿＿＿＿＿＿＿＿＿＿＿＿＿＿＿＿＿＿＿＿＿＿＿

＿＿＿＿＿＿＿＿＿＿＿＿＿＿＿＿＿＿＿＿＿＿＿＿＿＿＿＿＿＿＿＿＿＿＿

＿＿＿＿＿＿＿＿＿＿＿＿＿＿＿＿＿＿＿＿＿＿＿＿＿＿＿＿＿＿＿＿＿＿＿

＿＿＿＿＿＿＿＿＿＿＿＿＿＿＿＿＿＿＿＿＿＿＿＿＿＿＿＿＿＿＿＿＿＿＿

11. 文章中，作者引述了不少人物的說話及著作，試判斷作者對有關說話及
    著作的看法。（請塗滿與答案相應的圓圈；每道分題限選答案一個。）

人物的說話及著作	屬於自嘲	屬於諷刺	屬於牢騷	三者皆非
（1）秀才編《笑林廣記》	◯	◯	◯	◯
（2）蘇格拉底的答話	◯	◯	◯	◯
（3）果戈理寫《死靈魂》	◯	◯	◯	◯
（4）夏目漱石寫《我是貓》	◯	◯	◯	◯
（5）魯迅寫〈自嘲〉詩	◯	◯	◯	◯

12. 在第 1 段中，作者用「膚面的」喻其中一種自嘲，有人認為把「膚面的」
    改為「表面的」更恰當，也有人不同意。試談談你的看法。

    _____

    _____

    _____

13. 本文多處運用了前後呼應的寫作手法，試從本文摘錄一個前後呼應的例
    子以證。

    前句：_____

    後句：_____

14.〈自嘲〉一文十分推崇自嘲，文章指自嘲者應以平常心或從容的態度看人
   生，可是作者在文末又說自己只是紙上談兵，意味自己未能自嘲，你同
   意嗎？試透過分析本文語調是否符合自嘲者應有的態度以說明。

   _____

   _____

_____

_____

_____

15. 〈自嘲〉一文共有七個段落，按結構可分為五個部分。以下為本文的結構
    分析，試指出各個部分有甚麼作用。（只須把五個正確的選項的英文字
    母填在橫線上。）

    選項：

    A. 自我反省
    B. 概括説明
    C. 從反面論證
    D. 調和正反意見
    E. 以具體事例説明
    F. 與前文呼應，深入分析論證
    G. 以自身體會説明對文題感興趣的原因

    （1）第一部分的作用是 _____ ；
    （2）第二部分的作用是 _____ ；
    （3）第三部分的作用是 _____ ；
    （4）第四部分的作用是 _____ ；
    （5）第五部分的作用是 _____ ，以收結全文。

16. 承上題，指出以下哪一項的段落區分符合本文的結構分析。

    A. 第 ① 段屬於第一部分；   A   B   C   D
       第 ②、③ 段屬於第二部分；   ○   ○   ○   ○
       第 ④、⑤ 段屬於第三部分；
       第 ⑥ 段屬於第四部分；
       第 ⑦ 段屬於第五部分。

B. 第1、2段屬於第一部分；
  第3、4段屬於第二部分；
  第5段屬於第三部分；
  第6段屬於第四部分；
  第7段屬於第五部分。

C. 第1段屬於第一部分；
  第2段屬於第二部分；
  第3段屬於第三部分；
  第4、5段屬於第四部分；
  第6、7段屬於第五部分。

D. 第1段屬於第一部分；
  第2段屬於第二部分；
  第3段屬於第三部分；
  第4、5、6段屬於第四部分；
  第7段屬於第五部分。

參考答案

1. （1）說明自己為甚麼要說自嘲／說明撰文論述自嘲的緣起／說明本文的寫作動機／引《笑林廣記・腐流部》編者的自嘲說明個人對自嘲的體會。

  （2）說明自知與自嘲的作用和關係／說明自知可減少自大的毛病，可是還須懂得自嘲才可面對困境（自己的不足）。／說明人貴自知，可是徒有自知並不夠，還要提升至自嘲。／指出人貴自知，才可衝破自大的藩籬，並進而自嘲。

  （3）舉正反例子說明怎樣才是自嘲／舉真假例子說明怎樣才是自嘲／舉例說明怎樣才是真正的自嘲／舉例說明甚麼不算是自嘲／舉例說明自嘲與牢騷的分別／貨真價實的自嘲非常稀有／自嘲是大智慧，十分稀有。

2. （1）可使自大狂的熱度降些溫／可醫治自大的毛病
   （2）凡人都有自大狂的毛病

3. D

4. （1）無文
   （2）無錢

5. ● 諷刺對象：作者自己。
   ● 説明：《笑林廣記》兩個故事嘲笑秀才沒有學識和貧苦，而作者自述平
   　　　　 生，原來也是一名秀才，戒不了舞文弄墨，也曾為生計徬徨，
   　　　　 正正是兩則故事諷刺的對象，可見作者是引以自諷。

6. 寫文章

7. （1）於人無損
   （2）於人有損

8.

	正確	錯誤	無從判斷
（1）	●	○	○
（2）	○	●	○

9. （1）築：拳擊／打
   （2）色：神色／臉色

10.（答案僅供參考）
   ● 阮咸所為既是自嘲，又是諷刺：阮咸應習俗晾曬的粗布短褲，和北阮
   　　　　　　　　　　　　　　　　 富人所晾曬的紗羅錦綺形成強烈的貧
   　　　　　　　　　　　　　　　　 富對比，阮咸既自嘲貧窮，又諷刺北
   　　　　　　　　　　　　　　　　 阮富人的奢侈炫耀。
   ● 阮咸所為是自嘲：阮咸應習俗晾曬的粗布短褲，和北阮富人所晾曬的
   　　　　　　　　　 紗羅錦綺形成強烈的貧富對比，他的行為意在自嘲
   　　　　　　　　　 貧窮，而他只是開玩笑説自己未能免俗，並無批評
   　　　　　　　　　 北阮富人，所以不是諷刺。

11.

	屬於自嘲	屬於諷刺	屬於牢騷	三者皆非
（1）	●	○	○	○
（2）	○	○	○	●
（3）	○	●	○	○
（4）	●	○	○	○
（5）	○	○	●	○

12.（答案僅供參考）

- 不同意：作者以「膚面的」對「入骨的」，「膚」和「骨」同樣是身體的一部分，以此比喻貼切，對仗亦工整。

- 同意：「表面的」為常用語，較「膚面的」這生詞容易明白。

13. 前句：用雅語説是豈不快哉。

後句：真是豈不快哉。

或

前句：以上可説是不惜以金針度人了。

後句：自嘲的金針備而不用。

或

前句：一如向曾是紅顏的荆婦借一面小鏡，翻看一則，端相一下鏡內的尊容。

後句：也借一面小鏡，對着《笑林廣記・腐流部》照照自己吧。

14.（自由作答，須緊扣文章透露的語調分析，從而判斷作者「未能自嘲」此説法是否成立。例如同意／不同意文章無奈的語調符合／不符合自嘲者應有的從容態度。考生判斷立場須明確，解説須合理。）

15.（1）B

　　（2）G

　　（3）F

　　（4）E

　　（5）A

16. D

略析

- 這一年閱讀卷提供的是一篇閱讀量較大的篇章，試題不再以仿照閱讀報告的方式呈現，而是回復常見的試題形式。十六條題目評核考生對文章主旨、段落大意、文章結構、語調風格、論説手法、修辭技巧、文詞解釋和評價等的認識與能力。

- 第 1 題要求考生概括段落大意。

- 第 2 題考核考生在了解第 ① 段大意的基礎上對核心內容的理解，並用自己的文字表達出來，是精讀的要求。

- 第 3 至 6 題評估考生對第 ② 段內容的理解。第 3 題：對論證內容的整體理解；第 4 題：對作者觀點的把握，並要求摘錄原文；第 5 題：對作者引用目的的分析能力；第 6 題：重點字詞的語意。

- 第 7 至 8 題評估考生對第 ③ 段內容的理解。第 ③ 段有三個層次。第 7 題：對第 ③ 段第一層次內容的理解；第 8 題：對第 ③ 段第二、三層次內容的理解。

- 第 9 題考查考生對文言字詞的理解。

- 第 10 題不僅評估考生對作者主要觀點的理解，還同時考量文言閱讀能力、知識遷移能力、分析能力和文字表達能力，是一道綜合能力的題目。考生首先要理解第 ④ 段第三層的內容，其次要讀懂引文，再依據引文分析，然後用自己的文字表達出來。這道題目的難點在於要依據作者觀點加以分析。

- 第 11 題評核考生對不同事例的判斷能力，以及對作者闡述的多個概念的理解，是精讀的要求。

- 第 12 題考核考生對作者遣詞用字特色的分析能力；評分原則是能以比喻及對仗關係作分析為最高分，所以還同時考查考生的修辭知識。

- 第 13 題考查考生對本文寫作手法的了解。

- 第 14 題也是一道綜合能力題，評核考生對全文主旨的理解、對文章語調風格的分析、對文章重點語句的評價、對文章主旨與語調風格的關係的評價，以及文字表達等多方面的能力。難點是對文章主旨與語調風格關係的評價。

- 第 15 至 16 題考查考生分析文章結構的能力。第 15 題評估考生對文章層次之間的關係的認識；第 16 題主要評估考生對文章層次的劃分能力。

2011 年

篇章

1   我所收得的最先的畫圖本子，是一位長輩的贈品：《二十四孝圖》。這雖然不過薄薄的一本書，但是下圖上說，字少人多，又為我一人所獨有，使我高興極了。那裏面的故事，似乎是誰都知道的；便是不識字的人，也只要一看圖畫便能夠滔滔地講出這一段的事跡。但是，我於高興之餘，接着就是掃興，因為我請人講完了二十四個故事之後，才知道「孝」有如此之難，對於先前痴心妄想，想做孝子的計劃，完全絕望了。

2   「人之初，性本善」麼？這並非現在要加研究的問題。但我還依稀記得，我幼小時候實未嘗蓄意忤逆，對於父母，倒是極願意孝順的。不過年幼無知，只用了私見來解釋「孝順」的做法，以為無非是「聽話」，「從命」，以及長大之後，給年老的父母好好地吃飯罷了。自從得了這一本孝子的教科書以後，才知道並不然，而且還要難到幾十幾百倍。其中自然也有可以勉力仿效的，如「子路負米」①，「黃香扇枕」②之類。「陸績懷桔」③也並不難，只要有闊人請我吃飯。「魯迅先生作賓客而懷橘乎？」我便跪答云：「吾母性之所愛，欲歸以遺母。」闊人大佩服，於是孝子就做穩了，也非常省事。孟宗「哭竹生筍」④就可疑，怕我的精誠未必會這樣感動天地。但是哭不出筍來，還不過拋臉而已，一到王祥「臥冰求鯉」，可就有性命之虞了。我鄉的天氣是溫和的，嚴冬中，水面也只結一層薄冰，即使孩子的重量怎樣小，躺上去，也一定嘩喇一聲，冰破落水，鯉魚還不及游

過來。自然，必須不顧性命，這才孝感神明，會有出乎意料之外的奇跡，但那時我還小，實在不明白這些。

[3]　　其中最使我不解，甚至於發生反感的，是「老萊娛親」和「郭巨埋兒」兩件事。

[4]　　我至今還記得，一個躺在父母跟前的老頭子，一個抱在母親手上的小孩子，是怎樣地使我發生不同的感想啊。他們一手都拿着「搖咕咚」。這玩意兒確是可愛的，北京稱為小鼓，小鼓兩旁有耳，持其柄而搖之，則旁耳還自擊，咕咚咕咚地響起來。然而這東西是不該拿在老萊子手裏的，他應該扶一枝拐杖。現在這模樣，簡直是裝佯，侮辱了孩子。我沒有再看第二回，一到這一頁，便急速地翻過去了。

[5]　　那時的《二十四孝圖》，早已不知去向了，目下所有的只是一本日本小田海僊所畫的本子，敘老萊子事云：「行年七十，言不稱老，常着五色斑斕之衣，為嬰兒戲於親側。又常取水上堂，詐跌仆地，作嬰兒啼，以娛親意。」大約舊本也差不多，而招我反感的便是「詐跌」。無論忤逆，無論孝順，小孩子多不願意「詐」作，聽故事也不喜歡是謠言，這是凡有稍稍留心兒童心理的都知道的。

[6]　　然而在較古的書上一查，卻還不至於如此虛偽。師覺授《孝子傳》云，「老萊子……常衣斑斕之衣，為親取飲，上堂腳跌，恐傷父母之心，僵仆為嬰兒啼。」較之今說，似稍近於人情。不知怎地，後之君子卻一定要改得他「詐」起來，心裏才能舒服。鄧伯道棄子救侄，想來也不過「棄」而已矣，昏妄人也必須說他將兒子綁在樹上，使他追不上來才肯歇手。正如將「肉麻當作有趣」一般，以不情為倫紀，誣衊了古人，教壞了後人。老萊子即是一例，道學先生以為他白璧無瑕時，他卻已在孩子的心中死掉了。

[7]　　至於玩着「搖咕咚」的郭巨的兒子，卻實在值得同情。他被抱在他母親的臂膊上，高高興興地笑着；他的父親卻正在掘窟窿，要將他埋掉了。說明云：「漢郭巨家貧，有子三歲，母嘗減食與之。巨謂妻曰：『貧乏不能供母，子又分母之食。盍埋此子？』」但是劉向《孝子傳》所說，卻又有些不同：巨家是富的，他都給了兩弟；孩子是才生的，並沒有到三歲。結

末又大略相像了:「及掘坑二尺,得黃金一釜,上云:『天賜郭巨,官不得取,民不得奪!』」

⑧　我最初實在替這孩子捏一把汗,待到掘出黃金一釜,這才覺得輕鬆。然而我已經不但自己不敢再想做孝子,並且怕我父親去做孝子了。家境正在壞下去,常聽到父母愁柴米;祖母又老了,倘使我的父親竟學了郭巨,那麼,該埋的不正是我麼?如果一絲不走樣,也掘出一釜黃金來,那自然是如天之福,但是,那時我雖然年紀小,似乎也明白天下未必有這樣的巧事。

⑨　現在想起來,實在很覺得傻氣。這是因為現在已經知道了這些老玩意,本來誰也不實行。整飭倫紀的文電是常有的,卻很少見紳士赤條條地躺在冰上面,將軍跳下汽車去負米。何況現在早長大了,看過幾部古書,買過幾本新書,甚麼《太平御覽》咧,《古孝子傳》咧,《人口問題》咧,《節制生育》咧,《二十世紀是兒童的世界》咧,可以抵抗被埋的理由多得很。不過彼一時,此一時,彼時我委實有點害怕:「掘好深坑,不見黃金,連『搖咕咚』一同埋下去,蓋上土,踏得實實的,又有甚麼法子可想呢。」我想,事情雖然未必實現,但我從此總怕聽到我的父母愁窮,怕看見我的白髮的祖母,總覺得她是和我不兩立,至少,也是一個和我的生命有些妨礙的人。後來這印象日見其淡了,但總有一些留遺,一直到她去世——這大概是送給《二十四孝圖》的儒者所萬料不到的罷。

（節錄自魯迅〈二十四孝圖〉）

【註釋】

① 子路負米:子路,孔子弟子。家貧,為親負米百里之外。

② 黃香扇枕:黃香,東漢人。夏天為父扇涼枕被,冬天以身暖父被。

③ 陸績懷橘:陸績,東漢人。六歲時,拜訪袁術,主人以橘子款待,他揣在懷中,告辭時橘子掉落地上。袁術說:「陸郎作賓客而懷橘乎?」取笑陸績不問自取不合於禮。陸績跪答曰:「吾母性之所愛,欲歸以遺母。」袁術知道後大為讚賞。

④ 哭竹生筍:孟宗,三國時吳國人。母喜吃筍,病,時值冬日,竹未生筍。宗抱竹而泣,孝感天地,地裂生筍,母得筍,病癒。

題目

1. 本篇共有九個段落，試把段落大意填寫在下表的橫線上。

段落	大意
第 1 段	點出看過《二十四孝圖》後的感受。
第 2 段	(1)
第 3 段	舉出兩個特別令作者反感的二十四孝故事。
第 4 至 第 6 段	(2)　　　　　　　　　　　　　　　　　　　　　　　 說明「老萊娛親」令作者反感的主要原因是：
第 7 至 第 8 段	(3)　　　　　　　　　　　　　　　　　　　　　　　 說明「郭巨埋兒」令作者反感的主要原因是：
第 9 段	(4)　　　　　　　　　　　　　　　　　　　　　　　 總結反對《二十四孝圖》的主要原因是：

2. 〈二十四孝圖〉一文共有九個段落，按結構可分為四個部分。以下為本文結構的分析，試指出各個部分的作用。（只須把四個代表正確選項的英文字母填寫在橫線上。）

選項：

A. 以駁論總結

B. 以呼應手法總結

C. 舉往事引出話題

D. 承上啟下，層遞說明

E. 提出論據，深入闡明

F. 開門見山，點明論旨

G. 引經據典，闡釋論旨

（1）第一部分的作用是 ＿＿＿＿＿＿ ；

（2）第二部分的作用是 ＿＿＿＿＿＿ ；

（3）第三部分的作用是 ＿＿＿＿＿＿ ；

（4）第四部分的作用是 ＿＿＿＿＿＿ 。

3. 承上題，指出以下哪一項的段落區分符合本文的結構。

A. 第 1 段屬於第一部分；　　　　　A　　B　　C　　D
第 2 、 3 段屬於第二部分；　　　○　　○　　○　　○
第 4 、 5 、 6 段屬於第三部分；
第 7 、 8 、 9 段屬於第四部分。

B. 第 1 、 2 段屬於第一部分；
第 3 、 4 、 5 、 6 段屬於第二部分；
第 7 、 8 段屬於第三部分；
第 9 段屬於第四部分。

C. 第 1 段屬於第一部分；
第 2 段屬於第二部分；
第 3 、 4 、 5 、 6 、 7 、 8 段屬於第三部分；
第 9 段屬於第四部分。

D. 第 1 段屬於第一部分；
第 2 段屬於第二部分；
第 3 、 4 、 5 、 6 段屬於第三部分；
第 7 、 8 、 9 段屬於第四部分。

4. 在第 ② 段中，作者提及多個《二十四孝圖》的故事。試根據有關內容回答以下各問：

(1) 魯迅認為下列故事的孝行，哪些較易仿效？哪些較難仿效？試略加說明。

i. 「子路負米」

_____

ii. 「陸績懷橘」

_____

iii. 「哭竹生筍」

_____

iv. 「臥冰求鯉」

_____

(2) 綜合而言，魯迅用了甚麼準則判斷上述孝行的難易？除下列示例的準則外，試另舉兩個準則。

例：準則：個人能力

i. 準則一：_____

ii. 準則二：_____

5. 判斷下列陳述，選出正確答案；限選答案一個。

	正確	錯誤	無從判斷
作者說自己精誠不足，未能「哭竹生筍」，藉此說明精誠是感動上天的必要條件。	○	○	○

6. 在第 ⑥ 段中，哪一句點明了全文主旨？試摘錄**整句原文**作答。

_____

7. 魯迅同時描繪萊子和郭巨兒子「搖咕咚」的情景，這是甚麼寫作手法？魯迅筆下，老萊子和郭巨兒子呈現怎樣的人物形象？兩個人物令作者產生甚麼感想？

   (1) 寫作手法：_____

   (2) 老萊子的人物形象：_____

   (3) 郭巨兒子的人物形象：_____

   (4) 作者對老萊子搖咕咚的感想：_____

   (5) 作者對郭巨兒子搖咕咚的感想：_____

8. 試根據「老萊娛親」古今不同版本的內容，判斷下表內老萊子的行為的性質。（請塗滿與答案相應的圓圈，每道分題**可多於一個答案**。）

版本	老萊子的行為	刻意	非刻意	善意
師覺授	(1) 穿彩衣	○	○	○
	(2) 仆地	○	○	○
	(3) 哭啼	○	○	○
小田海僊	(4) 穿彩衣	○	○	○
	(5) 仆地	○	○	○
	(6) 哭啼	○	○	○

9. 作者批評《二十四孝圖》「老萊娛親」這個故事的孝行，你是否同意作者的看法？試舉本文以外的事例說明。

   _____

   _____

   _____

   _____

10. 根據文中魯迅對孝行的看法，說明以下一則故事的孝行是否合乎情理。

吳猛，年八歲，事親至孝。家極貧寒，榻無帷帳，每當夏夜，任蚊攢膚，恣渠膏血之飽。雖多，不敢驅之，惟恐其去己而噬親也。

_____

_____

_____

_____

11. 試以四個字概括魯迅〈二十四孝圖〉一文的寫作風格。

寫作風格：| | | | |

參考答案

1. （1）指出《二十四孝圖》有些孝行不合理／諷刺部分《二十四孝圖》提倡的孝行不合常情，難以實行。

（2）（老萊子）行為虛偽／矯揉造作／老萊子裝佯，侮辱了孩子。

（3）（郭巨所為）不合人情／不合人性／令作者擔心父親會仿傚郭巨，因家境困難而將自己活埋。

（4）《二十四孝圖》提倡的孝行反而破壞了倫常關係

2. （1）C

（2）D

（3）E

（4）B

3. C

4. （1）i.　較易：只要不辭勞苦便可以／只要有足夠的體力就不難做到／是子女能力範圍內可以做到的

　　　ii.　較易：只要有闊人請吃飯，自己又能忍饞把食物留給父母。／只要有闊人請吃飯，及仿傚陸績跪下，說出相同對白。

　　　iii.　較難：因為精誠未必會感動天地／這近乎奇跡／即使怎樣哭也哭不出筍子，徒勞而無功。

　　　iv.　較難：這近乎奇跡／臥冰固然不能得鯉，徒勞無功外，更有性命之虞。

　（2）i.　事情發生的可能性／可行性／是否合乎自然定律

　　　ii.　行動的安全性／危險的程度／代價的大小

5.
正確	錯誤	無從判斷
○	●	○

6. 以不情為倫紀／正如將「肉麻當有趣」一般，以不情為倫紀，誣衊了古人，教壞了後人。／正如將「肉麻當有趣」一般，以不情為倫紀。／以不情為倫紀，誣衊了古人，教壞了後人。

7. （1）對比／反比
　（2）不倫不類／滑稽／虛偽／裝佯／造作
　（3）天真／可愛／活潑
　（4）厭惡／討厭／反感／不滿
　（5）憐憫／同情

8.
	刻意	非刻意	善意
（1）	●	○	●
（2）	○	●	○
（3）	●	○	●

	刻意	非刻意	善意
(4)	●	○	●
(5)	●	○	●
(6)	●	○	●

9. （自由作答，考生可同意或不同意魯迅的看法，立場須清晰；並清楚舉出本文以外的事例說明個人的論點，例如做子女的身患絕症，為免年邁父母擔憂，佯裝身體健康屬人之常情。）

10. （考生的判斷為合乎情理或不合情理均可，但須闡明理由。必須根據魯迅的看法評論，例如明言魯迅的看法，或不明言魯迅的看法，但使用了魯迅評論孝行準則的一些用語，如不合常理、付出的代價，或引用魯迅曾評價的二十四孝故事來比較。）

11. 尖酸辛辣／冷嘲熱諷／嬉笑怒罵／譏諷味濃／幽默諷刺

略析

- 2011 年的考試篇章較之前兩年的閱讀量大為減少，試題的呈現方式延續去年，設十一條題目，考核考生對全文、段落大意、文理推展和篇章結構的辨析、分析、歸納、評價等能力。

- 第 1 題考查考生歸納段落大意的能力。

- 第 2 題考查考生對於文章結構的分析能力，以及辨析各層次之間的關係。

- 第 3 題考核考生對文章層次的辨析能力。

- 第 4 題評估考生對第 ② 段內容的理解：包括對於作者對《二十四孝圖》中孝行觀點的理解，以及對作者議論事物中隱含準則的分析、歸納及文字表達的能力。本題難點在於要求考生對作者的觀點和分析邏輯的推斷，而非考生自己對文章中孝行故事的看法；本題對考生的文字表達能力要求也較高。

- 第 5 題考查考生對重點句子的辨析、推理的能力。

- 第 6 題要求考生對全文主旨有所理解，並要求摘錄重點句子。

- 第 7 題考生需要分析寫作手法及文中人物的形象，同時歸納出作者對人物形象的觀點。

- 第 8 題考查考生對段落大意的理解，以及對比分析事例的能力，是精讀的要求。

- 第 9 題考核考生對作者觀點的理解和評價，同時評估考生的論述能力。

- 第 10 題要求考生在對作者觀點理解的基礎上，遷移分析新事例。本題同時考核考生對文言文的理解能力，以及論述和表達的能力。難點在於考生需要依據作者的觀點分析。

- 第 11 題考查考生對寫作基礎知識的掌握程度，以及歸納的能力，難點在於準確表達意見。

2012 年

篇章

1　　我對橋有一種特別感情，這是童年時代培養起來的。家鄉是一個偏僻的小鎮，鎮郊有一個平橋塘，一潭碧水，橫架一座小木橋，每逢夏天，那兒就是我游泳嬉戲的地方。站在橋上，雙臂高舉，「撲通」一聲，跳入碧潭之中，常常游個半天，讓酷炙的太陽把潭水曬得燙了，才盡興地和小夥伴們跳躍地歸去。

2　　就是這麼一段童年舊事，幾十年來從未忘懷。「文革」後期，我在百無聊賴之中，忽然有還鄉之想，於是輕裝一襲，回到了故鄉。因為離鄉四十多年，中間又經歷了無數動亂，敘舊之餘，真是恍如一夢。我念念不忘平橋，踱步郊原，就到平橋覓舊。潭水清淺，橋還是舊的，似乎人世的

滄桑變化，沒有影響到這個小橋流水的地方，令我十分感慨，記得當時吟下了這樣一首小詩：

> 休問浮沉身外事，且銜哀樂手中杯。多情自有平橋水，照得天涯浪子回。

3 我這個浪遊半生的浪子，在故鄉只留了幾天，就又投到繁囂的都市中討生活了。但是平橋流水的印象仍然是深刻的，那種帶有寧靜、古樸遺風的自然情趣，時時勾起我懷舊的情緒。我到過江南，也曾身歷江南水鄉的情境。那些水鄉多的也是橋，如今我也曾用想像去捕捉江南的遊蹤，從而聯想到「二十四橋明月夜，玉人何處教吹簫」的杜牧，聯想到「芒鞋破缽無人識，踏過櫻花第幾橋」的曼殊，更聯想到波濤洶湧激流飛濺的錢塘江大橋……可是「江南舊夢已如煙」，我今天離開它更遠了。

4 更是出於意料之外，是過了幾十年之後，我又為橋撥動了感情的琴弦。那是一九七八年的冬天，我離開深圳，跨過羅湖的時候。過了深圳進入羅湖，就進了香港的地界。深圳與羅湖只隔一座橋，卻分開了兩個世界。出境的那一天，我挽輕便的行囊，佇立羅湖橋頭，回頭望着深圳——它代表着多難的祖國的大地，不禁熱淚盈眶。我說不出當時複雜的感情，似乎一剎那間集中了悲歡離合的滋味。回想三十年前，我從海外歸來，踏上新生的祖國大地的時候，也經過這一座橋，那時候正年青，青年的活力和幻想充塞於軀體、腦際之間，有循着一個明確方向勇往直前的勇氣。當年我哼着「解放區的天是明朗的天」跨過橋，擠在人流中，奔上開往廣州的列車，重返祖國的城市。從此以後，每個人有着不同的經歷，而我卻在悠長的歲月中老了，如今頭髮已星星，卻又重踏羅湖橋頭來到香港這個地方。記得離開朋友們的時候，曾為這次的遠行寫下告別的詩篇，似乎感情都寄託在詩裏面了：

> 又將策艇向滄瀛，此夕樽前別有情。湖海論交腸共熱，風塵歷劫眼猶青。
>
> 濤聲入夢抒懷抱，海月遙看憶故人。正是冬陽頻送暖，馳驅豈問發星星。

5 我重到香港之後，這個城市於我已覺得陌生，三十年的時間使它的形

貌變化得太大了。香港與九龍隔海對峙，現在已有地下鐵路通火車，有地下隧道通汽車，可以暢通無阻地渡海了。但是渡海的天星小輪依舊行駛，乘客雖然減少了一些，依然是那麼準時開航，從容不迫地乘風破浪。當我乘着天星小輪在海濤中渡海時，才依稀拾回三十年前的記憶。不錯，三十年前我曾和許多朋友乘輪渡海，倚着小輪的欄杆，迎着海風在低聲細語，談詩、談文、談令人興奮的形勢。後來，朋友們都分飛了，有的北上，有的進入東江游擊區……大家分手時心中充滿了對新生祖國的激情，幾乎不必用語言就能表達出各人的抱負，那就是為國家為人民做一番事業。而我也曾以豪邁的感情隨着朋友之後，跨過羅湖橋重回廣州。三十年來，分飛的朋友有的重聚，有的遠離，有的卻在殘酷現實中犧牲了。因此這重拾的記憶顯得十分沉重，我幾乎帶着一種淒然欲涕的感情來回憶他們。

6　我既然來了，在經歷一段時間之後，也就逐漸看清香港變化的輪廓，特別是在今年暮春季節，乘纜車登上太平山遊覽的時候。太平山是香港的最高點了，登山眺海，香港、九龍盡入眼中，但是令我印象深刻的倒不是那些高聳入雲的摩天大廈，而是馳名世界的天橋建築。香港九龍的天橋，可説是饒有趣味的現代化的一種產物，不論市區、半山、僻野，常有飛橋橫空，構成立體的藝術形象。據説香港的天橋系統，被稱為世界上最龐大最完善的系統，它的特色是附設有和行車天橋分隔的行人天橋，藉以保障行人安全橫過馬路。

7　香港有六十一條天橋，建築工程是浩大的，耗資港幣達七億元。天橋群貫通南北，為城市交通開闢了新的途徑。車如流水，行人如鯽，蔚為壯觀。我對橋有感情，因此常常偷閒去天橋漫步。我喜歡山道天橋，其中干諾道西一條天橋有支柱二十三條，長度達二萬多米。踏上工地一看，海港風光歷歷在目。另有一條在中環，長廊逶迤，寬闊而整潔，最堪留戀的是它面向大海，海風拂面，令人心曠神怡。海上有艨艟巨艦，有點點風帆；在浪濤飛濺、捲起千堆雪的遠處，則有海鷗飛翔，構成特有的海景。**倚欄望遠，頗有「我欲乘風歸去」之慨。**

8　但是，也就在中環天橋這個地方，我卻邂逅了呂進文。他是六十年代的大學生，出生於印尼，讀完高中之後，因嚮往祖國社會主義的美好前

景，於是踏上迂迴曲折奔向祖國的道路。二十年來，他完成了大學文科的學業，後來分配到潮汕僑鄉當中學教師，中間經歷了「文化大革命」的劫難，只因有海外關係而受到折磨……到了一九七七年，他毅然離開了祖國，像無根的浮萍一樣，漂到香港來了。重返印尼暫難如願，只好流落在這個「東方之珠」的地方。為了養家糊口，他在地盤當了工人。

⑨　　這段天橋偶遇，於是我們在天橋的盡頭倚着欄杆，打開了話匣。

「你在香港多年了，住在甚麼地方呀？」

「不怕你笑話，我住的是屬於觀塘範圍的一個豬圈地上修建的木屋。」

「香港按每平方哩計算，是世界上人口密度最高的地方，連我這樣的豬圈地也有寸土寸金的趨勢了。」接着，他的聲調轉入深沉。「住這樣的木屋區多危險呀，遇上颱風防颳倒，遇上火警無處逃，我每天去地盤上工，都是提心吊膽的。」但是，比較起來，呂進文總算有一棲之寄，已算幸運了。

⑩　　呂進文在地盤工作，這是一種危險的職業，因為缺乏安全保障，工傷死亡的事幾乎無日無之。他在地盤認識了不少的人，包括有大學教師、工程師、醫生……他說每人的經歷都可寫成故事及曲折的小說。「香港不承認國內大學的畢業文憑，雖然地盤有不少是理工、醫農或文科的專業人才，有些人也有專業經驗，但都找不到合適的工作，為了養家糊口，只好到地盤出賣勞動力了。這兩年來，我在思索、彷徨、苦悶中過日子，我這樣活下去，究竟為甚麼？在這裏學非所用，掙扎在生活的底層，精神生活非常空虛。由於擔心、搏命、苦悶、緊張，我這樣下去，有一天也會得精神病的。我思索的結果，有了重歸祖國之念……」

「難道你沒有了餘悸嗎？」

「人民的覺醒是不會再容許歷史車輪倒轉的了。」他似乎是經過深思熟慮之後才回答這個問題。

⑪　　自從在天橋與呂進文分手之後，我又日夜忙於工作，也沒有去打聽他的情況。有一天，我卻收到一封寄自深圳的信，才知道他已把「重歸之念」變為行動了。他說跨過羅湖橋進入祖國大地時，他哭了，也笑了。**這哭笑之間的感情**，我很理解，也如我三十年前過羅湖時的那種純真的感情，

所不同的是他是懷了堅強的信念重歸祖國的。

12　　當我再到中環天橋踱步的時候，向着大海，我忽發奇想，想到有一天會有一座橋通過台灣海峽，讓海峽那邊的人跨海而來，湧向祖國的大地……

13　　不論海峽、長江、黃河……都需要橋，橋可以溝通偉大民族不可分離的情感。

（曾敏之〈橋〉）

題目

1. 本文共有十三個段落，按結構可分成五個部分。試指出第二、三、四及五部分分別由哪些段落組成，然後概述第二、三、四部分的內容大意，並把答案填寫在下表內。

部分	段落	內容大意
第一部分	第 1 至 3 段	記述還鄉的經歷，緬懷童年在平橋的片段，聯想到江南水鄉的橋，抒發遊子之思。
第二部分	(1) 第 ＿＿＿ 段	(5) ＿＿＿＿＿＿＿＿＿＿＿＿＿＿＿ ＿＿＿＿＿＿＿＿＿＿＿＿＿＿＿＿＿
第三部分	(2) 第 ＿＿＿ 段	(6) ＿＿＿＿＿＿＿＿＿＿＿＿＿＿＿ ＿＿＿＿＿＿＿＿＿＿＿＿＿＿＿＿＿
第四部分	(3) 第 ＿＿＿ 段	(7) ＿＿＿＿＿＿＿＿＿＿＿＿＿＿＿ ＿＿＿＿＿＿＿＿＿＿＿＿＿＿＿＿＿
第五部分	(4) 第 ＿＿＿ 段	設想將來有跨海大橋連接台灣海峽，抒發個人對國家的期盼。

2. 第 1 和第 2 段記述作者離鄉四十多年後重訪平橋，除抒發對故園的深
情外，還勾起甚麼感慨？

A. 浪遊半生，百無聊賴。　　　　　　A　B　C　D
B. 重訪故友，知交零落。　　　　　　◯　◯　◯　◯
C. 世情變幻，平橋依舊。
D. 中年潦倒，心灰意冷。

3. 在第 3 段，作者想到江南水鄉的橋，心中有何感受？

A. 如詩如畫，美不勝收。　　　　　　A　B　C　D
B. 江南煙雨，惱人心魄。　　　　　　◯　◯　◯　◯
C. 遊蹤處處，寧靜古樸。
D. 故國神遊，舊夢如煙。

4. 作者曾兩次跨過羅湖橋，又曾在中環的天橋遇到呂進文，而每次踏足橋
上的感受也不同。試指出以下哪一個選項最能描述作者那刻的感受。

選項：
A. 躊躇滿志的氣概
B. 追尋理想的熱忱
C. 去國辭家的傷感
D. 理想幻滅的哀痛
E. 有志難伸的遺憾
F. 同病相憐的悲憫

　　　　　　　　　　　　　　　A　B　C　D　E　F

（1）第一次跨過羅湖橋：　　　　◯　◯　◯　◯　◯　◯

（2）第二次跨過羅湖橋：　　　　◯　◯　◯　◯　◯　◯

（3）在中環的天橋遇到呂進文　　◯　◯　◯　◯　◯　◯

5. 在第 4 段，作者為告別友人而寫了一首詩，試根據詩意判斷以下陳述。

下列文句的意思合乎作者在詩中寄託的感情：　　　　正確　錯誤　無從判斷

（1）望月懷人，後會無期，勸君更盡一杯。　　　○　　○　　○

（2）半生苦難，知交守望，珍重多年友情。　　　○　　○　　○

6. 以下兩段文字分別描寫作者故鄉的平橋和香港的天橋，兩段文字描寫的手法有甚麼不同？試略加說明。

我對橋有一種特別感情，這是童年時代培養起來的。家鄉是一個偏僻的小鎮，鎮郊有一個平橋塘，一潭碧水，橫架一座小木橋，每逢夏天，那兒就是我游泳嬉戲的地方。站在橋上，雙臂高舉，「撲通」一聲，跳入碧潭之中，常常游個半天，讓酷炎的太陽把潭水曬得燙了，才盡興地和小夥伴們跳躍地歸去。（第 1 段）

香港有六十一條天橋，建築工程是浩大的，耗資港幣達七億元。天橋群貫通南北，為城市交通開闢了新的途徑。車如流水，行人如鯽，蔚為壯觀。我對橋有感情，因此常常偷閒去天橋漫步。我喜歡山道天橋，其中干諾道西一條天橋有支柱二十三條，長度達二萬多米。（第 7 段）

_____

_____

_____

_____

7. 作者着意描寫香港的天橋，除了可具體凸顯香港是個繁華的都市外，還有甚麼目的？試略加說明。

_____

_____

8. 第 7 段末句「倚欄望遠，頗有『我欲乘風歸去』之慨。」在結構上起了甚
   麼作用？試略加説明。

   _____

   _____

   _____

9. 第 11 段記述呂進文跨過羅湖橋進入祖國大地時，哭了，也笑了。為甚麼
   他有「這哭笑之間的感情」？試略加説明。

   _____

   _____

   _____

   _____

10. 作者為甚麼以「橋」為篇名？試從橋樑的象徵意義略加説明。

   _____

   _____

   _____

   _____

參考答案

1. (1) 第 4 段／第 4 至 5 段
   (2) 第 5 至 7 段／第 6 至 7 段
   (3) 第 8 至 11 段
   (4) 第 12 至 13 段
   (5)（第 4 段）
      記三十年間兩渡羅湖橋：當年壯歲熱情歸國，如今垂暮去國辭家，
      抒發離鄉／思友之痛／未能舒展抱負的悲哀。

（第 4 至 5 段）

自述垂老渡羅湖橋去國，遙想壯歲由此歸國，如今重臨香港，遠懷故友。／記兩次渡過羅湖橋的感受：昔日熱情歸國，如今垂老辭家，重臨香港，遠懷故友。

(6)（第 5 至 7 段）

寫重臨香港，感受殊深：昔日渡海故友，命途多舛；眼前天橋宏偉，令人讚歎。

（第 6 至 7 段）

描寫今天香港天橋宏偉壯觀，令人讚歎不已。／描寫今天香港天橋宏偉壯觀，佇立天橋，觸發希望重歸祖國之念。

(7) 記呂進文的遭遇，對那一代年輕人立志報國卻際遇坎坷寄以同情。

2. C

3. D

4. (1) B

   (2) C

   (3) F

5.

	正確	錯誤	無從判斷
(1)	○	●	○
(2)	●	○	○

6. • 兩段文字的描寫手法：

   第 1 段：間接描寫；第 7 段：直接描寫／

   第 1 段：側面描寫；第 7 段：正面描寫／

   第 1 段：主觀描寫；第 7 段：客觀描寫／

   第 1 段：白描；第 7 段：細描

- 兩段文字描寫手法的不同之處：
  前者為主觀描寫，多寫作者與橋之間的回憶片段，以對往事的感受來寫橋；後者為客觀描寫，以具體數字等客觀資料來描寫橋，交代橋的支柱的多少和其長度。

7. （自由作答，考生應能指出以香港天橋寫都市的繁華，以此對比家鄉的小橋寧靜自然，並能說明對比所產生的效果或凸顯的現象，例如反映窮人於香港無立錐之地。）

8. （考生應先指出句子在結構上的作用，例如承上啟下、過渡、轉折等，並簡單說明其作用，例如承接上文追憶少年往事，和對故國故國的懷念，故有感而說欲乘風歸去；下啟新交呂進文同時遭遇坎坷，後有歸國之抉擇。）

9. （自由作答，考生須緊扣呂進文生平際遇和理想，對他「哭」與「笑」的原因作合理的分析，並指出是感情複雜的表現，例如他年少歸國，廿年後去國赴港，但卻飽受辛酸，終於決定回國，經歷由徬徨失望到重燃希望。）

10. （考生對「橋」在文中的象徵意義的分析須準確，說明須充分。例如指出「橋」於文中象徵家國的連繫，作者心繫家國，乃本文的中心思想，故本篇以「橋」命名。）

略析

- 雖然這是第一年中學文憑試的閱讀理解試題，但篇章及試題的呈現方式均延續前兩年的特點。只有一篇文章，閱讀量與 2010 年、2009 年的相近，較 2011 年的多。題目共十條，評估考生對文章主旨與意蘊、文章結構與寫作手法，以及對古典詩詞的理解和認識。

- 第 1 題考查考生劃分文章層次和概括段落大意的能力。

- 第 2 至 5 題評估考生對文章意蘊的理解，由於均為選擇或判斷題，考生不需要用文字表達，結合文本，運用排除法選擇答案即可。第 2 及第 3

題：關鍵句子都是段落的結尾句。第 4 題：應在瀏覽的基礎上，盡快採用略讀和選讀方式，迅速找出與羅湖橋有關的段落，對照選項加以分析，逐一排除不合適的選項。第 5 題：提供的文句比較直白易懂，關鍵在於考生對篇章所引詩歌抒發的情感有充分的理解，方能正確判斷。而這首詩歌是第二部分的段落大意的核心，所以難點在於考生能否準確理解第二部分的主旨。

- 第 6 題考查考生對寫作手法的掌握、分析的能力，以及概括的能力和文字表達的能力。考生首先要掌握寫作手法的基本知識，其次要找出兩段文字的差異，關鍵是要概括說明這些差異，不可照抄原文，最後分析差異。這是一道對綜合能力要求較高的試題。

- 第 7 題評估考生對作者意圖或深層感慨的理解程度。讀者閱讀散文所得因人而異，這往往與讀者自身的經歷、閱歷有密切的關係。回答本題的關鍵是圍繞文本內容，適當發揮聯想，能自圓其說。

- 第 8 題要求考生掌握與分析寫作手法，難點在於說明時不要照抄原文，而是要用準確的文字加以概括。

- 第 9 題評核考生對第四部分重點內容的理解，答題關鍵要根據第四部分的描述，依據作者的思路分析。

- 第 10 題要求考生理解全文主旨及寓意。答題關鍵有三：一、結合全文的主旨，不要僅看結尾或部分內容；二、結合作者思路分析象徵意義，不能談考生自己的認識；三、結合文章的結構，分析篇名。

2013 年

篇章一

1　小男孩走出大門，返身向四樓陽台上的我招手，說：「再見！」

2　那是好多年前的事了，那個早晨是他開始上小學的第二天。我其實仍

然可以像昨天一樣，再陪他一次，但我卻狠下心來，看他自己單獨去了。他有屬於他的一生，是我不能相陪的，母子一場，只能看作一把借來的琴弦，能彈多久，便彈多久，但借來的歲月畢竟是有其歸還期限的。

③　　他歡然地走出長巷，很聽話的既不跑也不跳，一副循規蹈矩的模樣。我一人怔怔地望着油加利樹下細細的朝陽而落淚。

④　　想大聲地告訴全城市，今天早晨，我交給你們一個小男孩，他還不知恐懼為何物，我卻是知道的，我開始恐懼自己有沒有交錯？

⑤　　我把他交給馬路，我要他遵守規矩沿着人行道而行，但是，匆匆的路人啊，你們能夠小心一點嗎？容許我看見他平平安安的回來！我不要越區就讀，我們讓孩子讀本區內的國民小學而不是某些私立明星小學，我努力去信任自己國家的教育當局，而且，是以自己的兒女為賭注來信任的——但是，學校啊，當我把我的孩子交給你，你保證給他怎樣的教育？**今天清晨，我，交給你一個歡欣誠實又穎悟的小男孩，多年以後，你將還我一個怎樣的青年？**

⑥　　他開始識字，開始讀書，當然，他也要讀報紙、聽音樂或看電視、電影，古往今來的撰述者啊！各種方式的知識傳遞者啊！我的孩子會因你們得到甚麼呢？你們將飲之以**瓊漿**，還是哺之以**糟粕**？他會因而變得正直忠信，還是學會奸猾詭詐？當我把我的孩子交出來，當他向這世界求知若渴，世界啊，你給他的會是甚麼呢？世界啊，**今天早晨，我，一個母親，向你交出她可愛的小男孩，而你們將還我一個怎樣的呢！**

⑦　　我給小男孩請了一位家庭教師。七歲那年，小男孩被蝴蝶的三部曲弄得神魂顛倒，又一心想知道螞蟻怎麼回家；看到世上有那麼多種蛇，也使他歡喜着了慌，我自己對自然的萬物只有感性的歡欣讚歎，沒有條析縷陳的解釋能力，所以，我為他請了老師。

⑧　　有一張徵求老師的文字是我想用而不曾用過的，我偶然也會想起：
　　我們要為我們的小男孩尋找一位生物老師。他七歲，對萬物的神奇興奮到發昏的程度，他一直想知道，這一切「為甚麼是這樣的？」我們想為

他找的不單是一位授課的老師，也是一位啟示他生命的奇奧和繁富的人。他不是天才，他只是一個好奇而且喜歡早點知道答案的孩子。我們尊重他的好奇，珍惜他興奮易感的心。我們願意好好為他請一位老師，告訴他花如何開？果如何結？他只有一度童年，我們急於讓他早點享受到「知道」的權利。有的時候，也請帶他到山上到樹下去上課，他喜歡知道蕨類怎樣成長，杜鵑怎樣紅遍山頭……有誰願意做我們小男孩的生物老師？

⑨　　小男孩後來讀了兩年生物，獲益無窮。

⑩　　我坐在餐桌上修改自己的一篇兒童詩稿，夜漸漸深了。男孩房裏的燈仍亮着，他在準備那些考不完的試。我說：「喂，你來，我有一篇詩要給你看！」他走過來，把詩拿起來，慢慢看完，那首詩是這樣寫的：

〈尋人啟事〉
媽媽在客廳貼起一張大紅紙
上面寫着黑黑的幾行字：
茲有小男孩一名不知何時走失
誰把他拾去了啊，仁人君子
他身穿小小的藍色水手服
他睡覺以前一定要唸故事
他重得像鉛球又快活得像天使
滿街去指認金龜車是他的專職
當電扇修理匠是他的大志
他把剛出生的妹妹看了又看露出詭笑：
「媽媽呀，如果你要親她就只准親她的牙齒。」
那個小男孩到哪裏去了，誰肯給我明示？
聽說有位名叫時間的老人把他帶了去
卻換給我一個國中的少年比媽媽還高
正坐在那裏愁眉苦臉的背歷史
那昔日的小男孩啊不知何時走失
誰把他帶還給我啊，仁人君子

[11]　　看完了，他放下，一言不發地回房去了。第二天，我問他：「你讀那首詩怎麼不發表一點高見？」「我讀了很難過，所以不想說話……」我茫然走出他的房間，心中悵悵，小男孩已成大男孩，他必須有所忍受，有所承載，我所熟知的一度握在我手裏的那一雙小手有如飛鳥，在翩飛中消失了。而童年，繁華喧天的歲月，就如此是音漸遠。

[12]　　有一次，在朋友的牆上看到一幅格言：「**今天，是你生命餘年中的第一日。**」我看了，立即不服氣。「不是的。」我說，「對我來講，今天，是我有生之年的最後一天。」最後一天，來不及的愛，來不及的飛揚，來不及的期許，來不及的珍惜和低迴。容我好好愛寵我的孩子，在今天，畢竟，在永世永劫的無窮歲月裏，今天，仍是他們今後一生一世裏最最幼小的一天啊！

（張曉風〈我交給你們一個孩子〉）

題目

1. 第一篇共有十二個段落，按結構可分為四個部分。試指出第一、二、三部分分別由哪些段落組成。然後概述第二、三、四部分的內容大意，並把答案填寫在下表內。

部分	段落	內容大意
第一部分	(1) 第 _____ 段	記述兒子第二天上小學離家的情況，藉此抒發自己把兒子交託給學校和社會的擔憂。
第二部分	(2) 第 _____ 段	(4) _____ _____
第三部分	(3) 第 _____ 段	(5) _____ _____

第四部分	第⑫段	(6) _____ _____

2. 在第⑥段，作者曾質疑：「你們將飲之以瓊漿，還是哺之以糟粕？」試根據文意，分別說明「瓊漿」和「糟粕」指的是甚麼。

(1) 瓊漿：_____

(2) 糟粕：_____

3. 以下是第⑤段和第⑥段的末句，這兩句話的節奏和語調有何不同？

今天清晨，我交給你一個歡欣誠實又穎悟的小男孩，多年以後，你將還我一個怎樣的青年？（第⑤段）

今天早晨，我，一個母親，向你交出她可愛的小男孩，而你們將還我一個怎樣的呢！（第⑥段）

(1) 節奏：

A. 前句較為平穩，後句較為輕快。
B. 前句較為平穩，後句較為緩慢。
C. 前句較為輕快，後句較為緩慢。
D. 前句較為輕快，後句較為平穩。

A ○　B ○　C ○　D ○

(2) 語調：

A. 前句較為輕鬆，後句較為沉重。
B. 前句較為輕鬆，後句較為無奈。
C. 前句較為平和，後句較為無奈。
D. 前句較為平和，後句較為沉重。

A ○　B ○　C ○　D ○

4. 假若把第 6 段的末句改寫為下句以收結該段，對段旨的表達而言，是否更為理想？試略加説明。

今天早晨，我向你交出我可愛的小男孩，而你們將還我一個怎樣的呢？

_____

_____

_____

_____

5. 「徵求老師」的文字和〈尋人啟事〉這首詩，分別描寫了怎麼樣的小男孩形象？請塗滿與正確選項相應的圓圈，每題限選一個答案。

選項：
A. 勤奮好學
B. 頑皮淘氣
C. 憂愁困惱
D. 求知好奇
E. 天真爛漫

	A	B	C	D	E
(1)「徵求老師」的文字中的主要形象：	◯	◯	◯	◯	◯
(2)〈尋人啟事〉這首詩中的主要形象：	◯	◯	◯	◯	◯

6. 試根據有關內容，判斷以下陳述。

	正確	錯誤	無從判斷
(1) 從「徵求老師」的文字可見作者對兒童教育的看法是：探究心的培育對兒童的成長十分重要。	◯	◯	◯
(2) 從〈尋人啟事〉這首詩可見作者對兒童教育的看法是：保持童真比追求成績更為重要。	◯	◯	◯

7. 作者為甚麼不同意「今天，是你生命餘年中的第一日」這句格言？試加
  說明。

_____

_____

_____

_____

篇章二

1　　發誓是最浪費、最富詩意的說話方式。一個俠士，在蒼茫的曠野俯望
着摯友的遺體，忍着淚咬牙折箭，誓要手刃武功蓋世的狂魔，為朋友復
仇。武俠小說的描寫動人心魄，我們受了感染，跫見慷慨激昂、正義凜然
的人發誓，往往信以為真，並一律把誓言的主人當作英雄，不知誓言在今
日的世界已不再那麼可靠。

2　　美言不信，巧言鮮仁。在現實世界裏，像荊軻、尾生那樣的人，少之
又少。因此，有誰誓死做你的後盾，而你又滿懷感激，不打折扣地把誓
言接收，滿以為困阨時背後真的有盾，那你就大錯特錯了。你身陷困境，
才發覺後盾以壯語編造，從一張張油嘴裏源源外輸，也源源隨風而逝。**有
誰信誓旦旦**，要抵擋玄冥的夜氣；或者摩拳擦掌，扼腕搥胸，高呼人鬼不
同途；然後突然把方向盤扭轉，拐一個大急彎，我們也不必訝異。

3　　最近幾年，海內外流行「轉軑」一詞。這裏所謂的軑，並非〈離騷〉「齊
玉軑而並馳」的軑，而是政治汽車的方向盤。咦，是我錯了；這個「軑」
就是〈離騷〉裏面的軑嘛。千乘萬騎，隆隆滾滾，場面偉大，以賓虛的氣
勢轉彎，天地為之低昂，眾神為之屏息，不是**「齊玉軑而並馳」**又是甚麼？
如果你我的記憶不算太弱，有足夠的力量向時間的上游航行數年，就會聽
見慷慨叱咤之誓聲，在兩岸迴盪不絕。

4　　發誓像開支票，面額越大，越容易動人感人。可惜我們周圍的英雄大
都是凡人，和我們一樣渺小；唯一不同的，是他們善於發壯語。他們指天

誓日時，勇氣銀行、信用銀行、正義銀行都沒有他們的存款。輕諾寡言；重誓，也未必是信義的保證。因此，有哪一位議員、哪一位政客、哪一位報人、文人、學者大義凜然，以壯語搖撼天地，我們也要聽其言而長期觀其行，別讓他或她預支我們心中的欽敬。等日後的銀行證明這位壯士或英雄有足夠的存款，兌現了他或她的巨額支票，再付欽敬也不晚。真正的壯士會發誓，騙子和歹徒也常以誓言預支群眾的欽敬。我們身為芸芸者氓，豈能不慎？欽敬付錯了，要收回是十分難為情的。

⑤　　那麼，身為凡人的我們該發誓嗎？初戀時盟山誓海自無不可，受影響的反正只有一方。至於以壯語寒易水、怒髮衝帽子，則必須在事前三思。非荊軻的金屬打造，而要說荊軻的語言，是和自己過不去。我們這些凡夫，是易熱也易冷的金屬，趁外鑠之熱附身，或趁一時之熱鬧，就率爾鼓匹夫之勇，逞一時之快，發蛙叫為牛鳴，到外鑠之熱消散而臨陣退縮，中途轉軚，以今日之我否定昨日之我，回頭見時間上游的我指着時間下游的我大罵，如何是好？其所以如此，還不是高估自己，把話說得太盡之過？

⑥　　康拉德有一本小說，叫《諾斯特羅摩》，寫鐵漢子諾斯特羅摩一生如何廉潔，如何堅守原則，如何頂天立地，最後如何在一船黃金之前出賣了自己，變了另一個人。康拉德真諳人性。

⑦　　我們這些凡夫俗子，比諾斯特羅摩何如？不及諾斯特羅摩遠甚。《史記》的〈游俠列傳〉這樣描寫游俠：「今游俠，其行雖不軌於正義，然其言必信，其行必果，已諾必誠……」我們這些凡夫俗子，比游俠何如？也不及游俠遠甚。那麼，在魑魅載途、邪魔橫行的時代，我們豈敢發英雄之誓、壯士之言？我們能夠做的，是戰戰兢兢，心懷怵惕，一邊走，一邊求上帝保佑，保佑我們平平安安，不受夜氣沾染。如果上帝垂顧，降其隆恩，讓我們細水長流，免當霹靂之一響，就於願足矣。

（黃國彬〈說誓〉）

題目

8. 第二篇共有七個段落，按結構可分為三個部分。以下哪項段落區分較為合理？

   A. 第1段屬於第一部分；
      第2、3、4段屬於第二部分；
      第5、6、7段屬於第三部分。

   B. 第1、2段屬於第一部分；
      第3、4、5段屬於第二部分；
      第6、7段屬於第三部分。

   C. 第1、2、3段屬於第一部分；
      第4、5、6段屬於第二部分；
      第7段屬於第三部分。

   D. 第1、2、3段屬於第一部分；
      第4段屬於第二部分；
      第5、6、7段屬於第三部分。

   A   B   C   D
   ○   ○   ○   ○

9. 在第2段和第3段，作者由「有誰信誓旦旦」寫到「齊玉軚而並馳」，結構看似鬆散，實則扣連甚緊。這是運用了甚麼寫作手法？

   A. 聯想
   B. 呼應
   C. 層遞
   D. 對比

   A   B   C   D
   ○   ○   ○   ○

10. 承上題，試說明作者怎樣運用這種寫作手法作扣連。

   _____

   _____

   _____

11. 在第 ⑤ 段，作者以金屬的不同特質比喻凡夫和英雄。試根據段旨説明金
屬、凡夫和英雄的不同特質。

金屬的特質	凡夫的特質
易熱易冷	(1)

金屬的特質	英雄的特質
(2) 	(3)

12. 試説明〈説誓〉一文的主旨。

_____

_____

_____

略析

- 這是第二年中學文憑試的閱讀理解試題，試題延續前三年的呈現方式。設
兩篇篇章，閱讀量較 2012 年略為增加。設十二條題目，評估考生對文章
結構、語句、寫作手法等的基本知識，以及對於段落大意概括、人物形象
分析、文章主旨歸納等的能力。

- 篇章一的題目為第 1 至 7 題，篇章二的題目為第 8 至 12 題。

- 第 1 題考查考生劃分文章層次和概括段落大意的能力。由於試題已列出
第一部分的內容大意和第四部分的段落，劃分段落的難度因此不大，難點
在於考生需概括第二、三、四部分的內容大意，以及用準確的文字表達出
來。

- 第 2 題評估考生對反義詞的理解。考生根據第 ⑥ 段頭三句內容，可比較直接地回答出兩詞分別比喻甚麼。

- 第 3 題要求考生選出句子的節奏和語調。雖然這個知識點在之前的試題從未出現過，卻是基本的語言知識。因考生無法於考場朗讀，所以更應反復默讀，區分節奏緩慢與平穩的差異，語調沉重與無奈的分別。

- 第 4 題要求考生說明語言應用與情感表達的關係，既測試考生掌握基本語言應用的能力，同時評估其分析與論述能力的高低。

- 第 5 題要求考生分析人物形象。難點在於區分「勤奮好學」與「求知好奇」，以及「頑皮淘氣」和「天真爛漫」。

- 第 6 題要求考生判斷作者的觀點，考生要有較強的分析及推理能力。

- 第 7 題評估考生對文章主旨的理解，要求考生有較強的分析、歸納和文字表達的能力。考生要結合全文分析，不能直接摘抄原文的句子。

- 第 8 題與第 1 題同樣測試考生對文章結構的理解程度，但篇章二段落之間的承接不太分明，考生可通過歸併關鍵字的辦法劃分層次。

- 第 9 和第 10 題主要評估考生對文章的寫作手法的理解。第 9 題測試考生對基本寫作手法的掌握；第 10 題考查考生對寫作手法的分析能力，考生要找出關鍵字，並要有較強的表達能力，完整地分析。

- 第 11 題評估考生對比喻方法的掌握，以及對喻體的分析能力，不能直接摘抄原文句子，要在概括的基礎上，用準確的文字表達出來。

- 第 12 題評估考生對文章主旨的理解、分析、歸納、文字表達等能力。考生應緊緊圍繞「發誓」這個中心，一層一層地寫出文章的主旨。

② 文言文閱讀理解 (2003 至 2013 年)

2003 年

篇章

[1] 　　廈門陳忠愍公化成，由行伍積軍功，官至提督，封振威將軍。故例，提督不得官本鄉，朝廷以非公莫能鎮守海疆，破格授廈門提督。

[2] 　　道光二十年，夷擾江蘇，特移公北上嚴防。甫抵官署，公聞舟山失守，即馳赴吳淞江口，審度險要，列帳砲台側以居。三易寒暑，未嘗解衣安寢。厚待士卒，而自奉甚儉，或饋酒肉，必嚴拒之，時有「官兵都吸民膏髓，陳公但飲吳淞水」之謠。每值潮漲，公必登台瞭望，恐夷船順潮而至。誡軍士曰：「如有警呼之不應，刑毋赦。」後乍浦失守，公益鼓勵軍士，以大義喻之。時他邑皆騷動，惟吳淞恃有公，安穩如故。

[3] 　　五月，夷船大集，公登台守禦，日夜不怠。初八日，牛制府攜兵出城逐敵，夷從船望見，發砲擊之。牛懼而遁，眾兵隨之皆竄。夷人復大舉攻擊，公孤立無助，猶手發砲數十次，身受重傷，伏地而死。民聞公死，皆慨歎曰：「長城壞矣！」老幼男女無不號哭奔走。

[4] 　　有武進士劉國標曾為公賞識，隨創戎間，忍創負公屍藏蘆叢中。越十日，舁屍入嘉定，殮於武帝廟。後詔賜專祠，授公騎都尉世職。

　　（節錄自陸以湉《冷廬雜識》。為便於設題，部分文字曾經改寫。）

題目

1. 試說明朝廷任命陳化成為廈門提督有何特別之處。

2. 文中描述陳化成勤勞不懈、激勵軍心、警覺性高和英勇作戰。試各舉一例以對。

3. 在第 ② 段，「官兵都吸民膏髓，陳公但飲吳淞水」（畫有雙線）一句，表現了陳化成的甚麼美德？又運用哪一種寫作手法刻劃他？另試在文中找出相同寫作手法的一個例子。

4. 你認為文中「長城壞矣」（第 ③ 段畫有虛線）是指甚麼意思？試加說明。

參考答案

1. 因為按例，提督不能鎮守自己所屬的省份，陳化成是廈門人，但朝廷認為只有他才能鎮守廈門海域，所以破格任命他為廈門提督。

2. • 勤勞不懈：剛抵官署，聽聞舟山失守，即馳赴吳淞江口，審度險要，列帳砲台側居住。
   • 激勵軍心：乍浦失守，他更加鼓勵士兵，向他們曉以大義。
   • 警覺性高：每逢潮漲，必登台瞭望，恐怕敵船順潮而至。
   • 英勇作戰：戰敗，孤立無助，仍然發砲數十次，最後身受重傷，伏地而死。

3. • 「官兵都吸民膏髓，陳公但飲吳淞水」一句表現了陳氏為官清廉的美德。
   • 此句運用了對比的寫作手法。
   • 文中運用相同寫作手法的例子有，牛制府的恐懼逃遁，對比陳化成的力戰到底。

4. 「長城壞矣」一句指，陳化成在當時鎮守吳淞江口，令這地區得保安穩。現在他戰死沙場，再沒有人可以有力抗拒夷人入侵，這像城牆崩塌一樣。

略析

• 第 1 題考查考生對第 ① 段的理解。這一段的難點在「故例」一詞。「故」作舊解，「例」作慣例解。

- 第 2 題測試考生對文言實詞的掌握程度，以及對第 2、3 段內容的理解。題目已明確提示四種描述，考生從文中一一對應找出具體描寫的事例不難，難點在於對一些實詞的掌握。

- 第 3 題既考查考生對文言文內容的理解，同時評估他們的寫作手法知識。第一問重點是對「但」字的理解；概括美德時注意突出清廉，不要錯解為「英勇善戰」。分析寫作手法的關鍵在於考生必須讀懂內容。

- 第 4 題測試考生對全文的綜合理解和概括表達的能力。此題難度較大，重點在於考生要理解「長城」比喻甚麼，「壞」指代甚麼。難點是從全文分析為甚麼人民認為陳化成犧牲等於「長城壞」，並且用概括的語言歸納出來。

2004 年

篇章

1　　人之口腹，何常之有。富貴之時，窮極滋味，暴殄過當，一遇禍敗，求藜藿充饑而不可得。唐洛陽貴家子弟，飲食必用煉炭所炊。及其亂離饑餓，食粟飯味如八珍。此豈口腹貴於前而賤於後哉？彼其當時所為揀擇精好，動以為粗惡而不能下咽者，皆其驕奢淫佚之性使然，非天生而然也。

2　　吾見南方膏粱子弟，一離襁褓，必擇甘脆，調以酥酪，恐傷其胃，而疾病亦自不少。北方嬰兒，臥土炕，啖麥飯，十餘歲不知酒肉，而強壯自如。又下一等，若乞丐之子，生即受凍忍餓，日一文錢，便果其腹。人生何常，幸而處富貴，有贏餘時，時思及凍餒，無令過分。物無精粗美惡，隨遇而安，無有選擇於胸中，此亦動心忍性之一端也。

3　　子瞻兄弟南遷，相遇梧藤間，市餅粗不可食，子由置箸而歎，子瞻已盡之矣。二人之學力識見，優劣皆於是卜之。吾生平未嘗為飲食而呵責人，飲食縱有不堪，仍強為進。至於宦中，尤持此戒。每每以語妻孥，<u>然未必知此旨也</u>。

（節錄自謝肇淛《五雜組》。為便於設題，部分文字曾經改寫。）

題目

1. 試分別説明洛陽貴家子弟、北方嬰兒、乞丐之子的飲食情況。

2. 作者在文末説：「然未必知此旨也。」(第 ③ 段畫有雙線) 試綜合全文，説明「旨」所包含的道理。

3. 子瞻、子由面對食物的表現各是怎樣的？作者從二人面對食物的表現，估量他們學力識見的優劣，你認為合理嗎？試加説明。

4. 指出下列畫有雙線的「然」字在句中的作用：

   (1) 動以為粗惡而不能下咽者，皆其驕奢淫佚之性使<u>然</u>。(第 ① 段)

   (2) 每每以語妻孥，<u>然</u>未必知此旨也。(第 ③ 段)

參考答案

1. ● 洛陽貴家子弟：富時——食必求美味珍饈
   　　　　　　　　　窮時——吃粗米如同八珍
   ● 北方嬰兒：只吃麥飯，不曾嚐過酒肉。
   ● 乞丐之子：即使日一文錢，亦能果腹。

2. ● 人生無常，要明白物無精粗美惡，但求隨遇而安。即使食物難以下咽，仍要進食果腹。
   ● 有贏餘時，不要專擇精好，要時時思及凍餒，切勿過分。

3. 二人面對食物的表現：
   ● 子瞻：即使難以下咽，仍能盡食。
   ● 子由：嫌棄食物粗劣，不肯下咽。

   作者的估量是否合理：(以下答案僅供參考)
   ● 不合理：學力識見之培養，涉及眾多因素，不能單憑飲食時的表現，斷言其優劣。兩者無關，而理據亦未夠充分。

- 合理：即使食物難以下咽，但子瞻仍能盡食，足見其態度堅忍，此乃
  治學的重要條件，與個人成就或識見有莫大關係，故其學力識
  見比子由為優。

4. （1）替代
   （2）轉折

略析

- 第 1 題評估考生對文言文內容的理解能力和獲取基本信息的能力。難點
  是對描寫洛陽貴家子弟富時與貧時兩種情況，考生要以自己的文字，概括
  地寫出答案。

- 第 2 題評估考生對全文主旨和核心句的理解。此題對綜合分析能力的要
  求較高，難點在於考生要從全文各段中歸納，不得遺漏。

- 第 3 題既考查考生獲取基本信息的能力，同時要求分析、思辨的能力。
  回答二人對食物的表現時，難點在「置箸而歎」和「已盡之矣」的差異。回
  答第二問時，考生要注意從二人對待粗鄙食物的表現引申到態度、意志
  上，並加以說明。此題屬於開放性題目，沒有標準答案，理解準確，引申
  得當，自圓其說便可。

- 第 4 題考核考生對文言虛詞「然」字的理解。題目將虛詞置於句子中，要
  求考生辨別其異同，大大降低了題目的難度，考生結合上下文意思會較容
  易分析。

2005 年

篇章

1. 余讀書之室，其旁有桂一株焉。桂之上，日有聲喧喧然者，即而視之，則二鳥巢於其枝幹之間，去地不五六尺，人手能及之，巢大如盞，精密完固，細草盤結而成。

2. 鳥雌一雄一，小不能盈掬，色明潔，娟皎可愛，不知其何鳥也。雛且出矣，雌者覆翼之，雄者往取食，每得食，輒息於屋上，不即下。一日，余之僮奴以手撼其巢，雄者則下瞰而鳴。小撼之小鳴，大撼之即大鳴。余見而斥之，僮奴乃止。他日余從外來，見巢墜於地；覓二鳥及雛，無有。問妻，則曰僮奴取以去。嗟乎！以此鳥之羽毛潔而音鳴好也，奚不深山之適而茂林之棲？乃托身非所，見辱於人奴以死。

（取材自戴名世《南山集》。為便於設題，部分文字曾經改寫。）

題目

1. 根據文章內容，把答案填寫在表內的橫線上。

二鳥的外貌	(1)
鳥巢的特徵	(2)
二鳥哺育雛鳥的情況	(3)

2. 鳥巢兩次遭僮奴惡意對待，結果有何不同？為甚麼？

3. 作者在文末說：「乃托身非所，見辱於人奴以死。」試從二鳥築巢的位置說明「托身非所」的意思。你認為作者說這句話有甚麼寓意？試加說明。

參考答案

1. （1）體積細小，羽毛色澤潔白明亮。
   （2）鳥巢像杯子一般大小，堅固精密，用細草結紮而成。
   （3）雌鳥伸展雙翼以保護雛鳥，雄鳥往找尋食物。

2. ● 鳥巢第一次遭僮奴惡意對待時被作者看見，僮奴遭作者斥退，鳥巢得以安然無恙。
   ● 鳥巢第二次遭僮奴惡意對待時作者並不在場，無法加以阻止，以致鳥巢墜地。

3. ● 「托身非所」的意思：二鳥選擇築巢的地方不當，太近民居，離地太近，人手能夠觸及，以致先後兩次皆受惡意對待，難得安寧。
   ● 作者說這句話的寓意：說明人當懂得選擇合適的生活環境或安身的地方，否則只會招致無妄之災，小則受辱，大則招致殺身之禍。

略析

● 第 1 題採用表格方式，考查考生對文言文內容的理解，以及獲取基本信息的能力。題目要求回答的內容均可直接從文中獲得，但考生應注意用白話文表達時要準確，例如「色明潔」中的「色」指「羽毛」，「雌者覆翼之」為倒裝句等。

● 第 2 題測試考生對文言文內容的理解。考生要重點注意兩次描寫的不同，一次為直接描寫，另一次為間接描寫。因此，第二次的結果和原因，要運用推理的能力回答。

● 第 3 題分別評估考生的理解、綜合分析、歸納、概括及表達等能力。此題重點是要從全文歸納，不僅要分析到僮奴撼之，還要聯繫到宅旁桂上，「去地不五六尺，人手能及之」等情形。回答寓意時要引申到更廣闊的方面，聯想到人類社會的相關情況，並加以分析。

2006 年

篇章

1　　歸氏二孝子，身微賤而其行卓，獨其宗親鄰里知之，於是思以廣其傳焉。

2　　孝子歸鉞，早喪母，父娶後妻，生子，由是失愛。家貧，母既喋喋罪過孝子，父大怒逐之。鉞數困，匍匐道中，比歸，母又復杖之，屢瀕於死。鉞依依戶外，俯首竊淚下，族人莫不憐也。父卒，母與其子居。鉞販鹽市中，時私其弟，問母飲食，致甘鮮焉。後大饑，母不能自活。鉞往涕泣奉迎，母自慚，從之。鉞得食，先予母、弟，而己有饑色。奉母終身怡然。既老且死，終不言其後母事也。

3　　繡乃鉞之族子，亦販鹽以養母。與弟紋、緯友愛無間。然弟緯不自檢，犯者數四，以事坐繫，繡力營救。妻每製衣，繡必囑之製三襲，令兄弟均分。叔某亡，有遺子，撫愛之如己出。然族人見之，以為市人也。

4　　贊曰：二孝子出沒市販之間，生平不識《詩》、《書》，而能以純懿之行，自飭於無人之地，遭罹屯變，無恆產以自潤，而不困折，斯亦難矣！

（節錄自歸有光《歸氏二孝子傳》。為便於設題，部分文字曾經改寫。）

題目

1. 後母怎樣對待歸鉞？為甚麼她後來深感慚愧？試分別說明。

2. 試說明歸繡如何善待叔叔和弟弟。

3. 歸鉞和歸繡二人的出身和品行有甚麼共通之處？

4. 試分別指出下列註有▲號的字在句中詞性和意義：

（1）繡乃鉞之族子，亦販鹽以養母。（第3段）
　　　　　▲

（2）叔某亡，有遺子，撫愛之如己出。（第 ③ 段）
　　　　　　　　　▲

參考答案

1. • 後母對待歸鉞的情況：家裏窮困，即誘罪於鉞，令父親大怒，將他逐
　　　　　　　　　　　　　　出門外。歸鉞回家時，即用木杖打他。
　 • 後來深感慚愧的原因：鉞不念後母惡行／虐待／不計前嫌／以德報
　　　　　　　　　　　　　怨，當她三餐不繼時，仍願意侍奉供養，令她
　　　　　　　　　　　　　深感慚愧。

2. • 叔叔：撫養叔叔遺孤，視如己出。
　 • 弟弟：弟不知檢點，後因事繫獄，他竭力營救。
　　　　　妻子每次為他縫製衣服，必定囑咐她縫製三套，惠及弟弟。

3. • 出身：卑微
　　　　　讀書不多／學識不多／沒有學識。
　 • 品行：二人對親族關懷愛護，始終如一。

4. （1）詞性：助詞
　　　意義：的／無義
　 （2）詞性：代詞
　　　意義：（叔叔的）遺子

略析

• 第 1 題考查考生對第 ② 段內容的理解，以及獲取基本信息的能力。難點
　在於對「罪過孝子」的理解。

• 第 2 題測試考生對第 ③ 段內容的理解，以及獲取基本信息的能力。難點
　在於對「犯者數四」中的「四」的理解。

- 第 3 題評估考生對全文的理解程度和分析的能力。考生需結合第 1 段和第 4 段的內容，分別從出身、地位、學識等角度回答。

- 第 4 題要求考生指出文言虛詞「之」字的詞性和意義。難點在於對詞性的分析。

2007 年

篇章

> 下文節錄自司馬遷《史記・滑稽列傳》。內容講述宮廷中娛樂君主的伶人優孟，勸諫楚莊王的兩個故事：第一個是如何對待一匹死去的馬，另一個是如何對待一個活着的人。

1. 　　優孟，故楚之樂人也。長八尺，多辯，常以談笑諷諫。**楚莊王之時，有所愛馬，衣以文繡，置之華屋之下，席以露床，啖以棗脯。**馬病肥死，使群臣喪之，欲於棺槨大夫禮葬之。**左右爭之，以為不可。**王下令曰：「有敢以馬諫者，罪至死。」優孟聞之，入殿門，仰天大哭。王驚而問其故。

2. 　　優孟曰：「馬者王之所愛也，以楚國堂堂之大，何求不得，而以大夫禮葬之，薄，請以人君禮葬之。」

3. 　　王曰：「何如？」對曰：「臣請以雕玉為棺，文梓為椁，廟食太牢，奉以萬戶之邑。諸侯聞之，皆知大王賤人而貴馬也。」王曰：「寡人之過一至此乎！為之奈何？」優孟曰：「請為大王六畜葬之。以壠竈①為椁，銅歷②為棺，齎以薑棗，薦以木蘭，祭以糧稻，衣以火光，葬之於人腹腸。」於是王乃使以馬屬太官③，無令天下久聞也。

4. 　　楚相孫叔敖知其賢人也，善待之。病且死，屬其子曰：「我死，汝必貧困。若往見優孟，言我孫叔敖之子也。」居數年，其子窮困負薪，逢優孟，與言曰：「我，孫叔敖子也。**父且死時，屬我貧困往見優孟。**」優孟曰：「若無遠有所之。」即為孫叔敖衣冠，抵掌談語。歲餘，像孫叔敖，

楚王及左右不能別也。莊王置酒，優孟前為壽。莊王大驚，以為孫叔敖復生也，欲以為相。

5　　優孟曰：「請歸與婦計之，三日而為相。」莊王許之。三日後，優孟復來。王曰：「婦言謂何？」孟曰：「婦言慎無為，楚相不足為也。如孫叔敖之為楚相，盡忠為廉以治楚，楚王得以霸。今死，其子無立錐之地，貧困負薪以自飲食。必如孫叔敖，不如自殺。」因歌曰：「楚相孫叔敖持廉至死，方今妻子窮困負薪而食，不足為也！」

6　　於是莊王謝優孟，乃召孫叔敖子，封之寢丘四百戶，以奉其祀。後十世不絕。此知可以言時矣。

【註釋】

① 壟竈：土灶，就地砌起的灶。

② 銅歷：銅造的煮食用具。

③ 太官：官名，掌膳食及宴饗之事。

題目

1. 本文出自《史記‧滑稽列傳》。根據本文內容，「滑稽」一詞的意思是：

   A. 可笑
   B. 幽默
   C. 諷諫
   D. 有趣

A	B	C	D
○	○	○	○

2. 根據文章內容，選出以下人物的行事特點：
   （請在適當的空格以 ✓ 號表示，可選多於一項。）

行事特點	優孟	孫叔敖	楚莊王
富謀略			
知錯能改			

行事特點	優孟	孫叔敖	楚莊王
貪婪			
魯莽			
富膽識			
説話誇張			
具知人之明			
廉潔			

3. 優孟提出以君主的禮儀來葬馬，讓楚莊王明白不應厚葬馬匹。這種做法是：

A. 透過層層的推展，讓自己的論點明確地表達。
B. 先確立自己的觀點，以反駁對方的說法。
C. 把對方的觀點極端化，從而顯出當中的荒謬。
D. 先接納對方的觀點，從而令對方的立場軟化。

A	B	C	D
◯	◯	◯	◯

4. 請判斷以下的陳述，然後在相應的方格內以 ✓ 號表示；每題限選答案一個。

	正確	錯誤	部分正確	無從判斷
楚王非常愛惜那匹馬；那匹馬終於以與身份相稱的葬禮埋葬。	☐	☐	☐	☐

5. 在要求楚莊王善待孫叔敖之子一事上，優孟幾次以委婉的方式表達自己的觀點。試從第 5 段中舉出其中兩次。

____

____

6. 試圈出以下句子中用作動詞的字詞：（可選多於一個）

楚莊王之時，(有)*(例)* 所愛馬，衣以文繡，置之華屋之下，席以露床，啗以棗脯。

7. 試解釋以下句子中註有▲號的字詞：

父且死時，屬我貧困往見優孟。（第 4 段）
　　▲　　　▲

且：_____

屬：_____

8. 試語譯以下句子：

（1）馬病肥死（第 1 段）

　　_____

　　_____

（2）左右爭之，以為不可（第 1 段）

　　_____

　　_____

參考答案

1. C

2.

行事特點	優孟	孫叔敖	楚莊王
富謀略	✓		
知錯能改			✓
貪婪			
魯莽			✓
富膽識	✓		
說話誇張	✓		
具知人之明		✓	
廉潔		✓	

3. C

4.

	正確	錯誤	部分 正確	無從 判斷
	☐	☐	☑	☐

5. （回答以下任何兩項）
   * 不即時回絕
   * 借妻子的説話
   * 憑歌寄意

6. 楚莊王之時，ⓗ有（例）所愛馬，ⓘ衣以文繡，ⓙ置之華屋之下，ⓚ席以露床，ⓛ啗以棗脯。

7. 且：快將／臨
   屬：囑咐／吩咐

8. （1）馬匹因過肥（胖）而出問題，死了。／馬匹因過肥（胖）而死。
   （2）群臣極力勸阻，認為不可以這樣做。

略析

* 這一年的文言文閱讀考試，與以往比較，閱讀量大，文章篇幅較長，試題數量增加一倍，考核的內容和考點大大增加。

* 第 1 題要求考生選出詞語在文本中的意思，考生須結合語境回答，要特別注意文中「滑稽」的意思與白話文的差異。

* 第 2 題考核考生對篇章的理解以及綜合分析、概括的能力。要特別注意文中沒有關於三人貪婪的任何描寫，不要都填寫。

* 第 3、4 題評估考生的綜合理解能力。

* 第 5 題要求考生在理解篇章的基礎上答題，主要評估其分析與表達能力。

* 第 6、7 題測試考生對詞語的掌握程度。

* 第 8 題評估考生文言語譯的能力。

2008 年

篇章

春江潮水連海平，海上明月共潮生。灩灩隨波千萬里，何處春江無月明！
江流宛轉繞芳甸，月照花林皆似霰。空裏流霜不覺飛，汀上白沙看不見。
江天一色無纖塵，皎皎空中孤月輪。江畔何人初見月？江月何年初照人？
人生代代無窮已，江月年年只相似。不知江月待何人，但見長江送流水。
白雲一片去悠悠，青楓浦上不勝愁。誰家今夜扁舟子？何處相思明月樓？
可憐樓上月徘徊，應照離人妝鏡台。玉戶簾中捲不去，擣衣砧上拂還來。
此時相望不相聞，願逐月華流照君。鴻雁長飛光不度，魚龍潛躍水成文。
昨夜閒潭夢落花，可憐春半不還家。江水流春去欲盡，江潭落月復西斜。
斜月沉沉藏海霧，碣石瀟湘無限路。不知乘月幾人歸，落月搖情滿江樹。

（張若虛〈春江花月夜〉）

題目

以下是一篇分析〈春江花月夜〉的文章，當中部分內容須由考生填寫、選擇。
請考生根據指示作答：

（1）在填充部分，填寫正確的答案；

（2）在選擇題中，每題選出一個最適合的答案，並於相應的方格內以 ✔ 號表
　　示。

本詩〈春江花月夜〉包含三個相關的主題，第一個主題是寫照，由「春江潮水
連海平」句至 1.「＿＿＿＿＿＿＿＿＿＿＿＿＿＿＿＿＿＿＿＿＿」句；接著
是作者由景而生的哲理反省，由 2.「＿＿＿＿＿＿＿＿＿＿＿＿＿＿＿＿＿
＿＿＿＿」句至 3.「＿＿＿＿＿＿＿＿＿＿＿＿＿＿＿＿＿＿＿」句；最後
是作者抒發感情，由 4.「＿＿＿＿＿＿＿＿＿＿＿＿＿＿＿＿＿＿＿＿＿」句
至「落月搖情滿江樹」句。

在第一個主題中，作者透過寫照，營造出一個 5. ＿＿＿＿＿ 的世界。

清朗亮麗 ☐
幽深淒冷 ☐
煙水迷離 ☐
壯闊瑰奇 ☐

在第二個主題中，作者反思的哲理，是 6. ＿＿＿＿＿ 。

月亮的圓滿與缺陷 ☐
人生的得意與失意 ☐
旅人的飄泊與安定 ☐
宇宙的循環與永恆 ☐

至於在最後一個主題中，作者抒發了 7. ＿＿＿＿＿ 之情，和以下的語句

壯志未酬 ☐
自傷身世 ☐
靜夜懷人 ☐
羈旅飄零 ☐

8.

「人生得意須盡歡，莫使金樽空對月」 ☐
「人有悲歡離合，月有陰晴圓缺，此事古難全」 ☐ 所寫的意思
「明月何皎皎，照我羅床幃。憂愁不能寐，攬衣起徘徊」 ☐ 最為貼近。
「月落烏啼霜滿天，江楓漁火對愁眠」 ☐

〈春江花月夜〉詩題中包含幾種事物，但集中描寫 9. ＿＿＿＿＿ 。
在寫作手法方面，詩中多處寫月；但其中數句，未有明用「月」字而實
寫 月 色 ， 例 如 10.「＿＿＿＿＿＿＿＿＿＿＿＿＿＿」 和
11.「＿＿＿＿＿＿＿＿＿＿＿＿＿」這兩句。另外，作者
又採用了觸景生情的手法，如 12.「＿＿＿＿＿＿＿＿＿＿＿＿＿
＿＿＿＿＿＿＿＿＿＿＿」一句；至於緣情寫景的手法，作者同樣
有採用，例如 13.「＿＿＿＿＿＿＿＿＿＿＿＿＿＿＿」這句。

除此以外，作者在不少句子中，都採用近似對偶的手法。以下四組中，最接
近對偶形式的一組是

14. 「灩灩隨波千萬里，何處春江無月明」 ☐
    「江天一色無纖塵，皎皎空中孤月輪」 ☐ 。
    「鴻雁長飛光不度，魚龍潛躍水成文」 ☐
    「斜月沉沉藏海霧，碣石瀟湘無限路」 ☐

此詩之美，還見於押韻上。本詩每四句為一組，每組押韻方式相同。以下引
文中的韻腳是：（圈出所有韻腳）

15. 白雲一片去悠(悠)，青楓浦上不勝愁。誰家今夜扁舟子？何處相思明月樓？
    可憐樓上月徘徊，應照離人妝鏡台。玉戶簾中捲不去，搗衣砧上拂還來。
    此時相望不相聞，願逐月華流照君。鴻雁長飛光不度，魚龍潛躍水成文。
    昨夜閒潭夢落花，可憐春半不還家。江水流春去欲盡，江潭落月復西斜。

參考答案

1. 皎皎空中孤月輪

2. 江畔何人初見月

3. 但見長江送流水

4. 白雲一片去悠悠

5. 清朗亮麗 ☑
   幽深淒冷 ☐
   煙水迷離 ☐
   壯闊瑰奇 ☐

6. 月亮的圓滿與缺陷 ☐
   人生的得意與失意 ☐
   旅人的飄泊與安定 ☐
   宇宙的循環與永恆 ☑

7. 壯志未酬 ☐
   自傷身世 ☐
   靜夜懷人 ☑
   羈旅飄零 ☐

8. 「人生得意須盡歡，莫使金樽空對月」 ☐
   「人有悲歡離合，月有陰晴圓缺，此事古難全」 ☐
   「明月何皎皎，照我羅床幃。憂愁不能寐，攬衣起徘徊」 ☑
   「月落烏啼霜滿天，江楓漁火對愁眠」 ☐

9. 月夜／月色

10. 及 11. （回答以下任何兩句）
    灩灩隨波千萬里／空裏流霜不覺飛／汀上白沙看不見／鴻雁長飛
    光不度／江天一色無纖塵／應照離人妝鏡台／玉戶簾中捲不去／
    擣衣砧上拂還來

12. 青楓浦上不勝愁

13. 玉戶簾中捲不去／擣衣砧上拂還來／可憐樓上月徘徊／落月搖情滿江樹

14. 「灩灩隨波千萬里，何處春江無月明」 ☐
    「江天一色無纖塵，皎皎空中孤月輪」 ☐
    「鴻雁長飛光不度，魚龍潛躍水成文」 ☑
    「斜月沉沉藏海霧，碣石瀟湘無限路」 ☐

15. 白雲一片去悠⑩，青楓浦上不勝⑩。誰家今夜扁舟子？何處相思明月⑩？
    可憐樓上月徘⑩，應照離人妝鏡⑩。玉戶簾中捲不去，擣衣砧上拂還⑩。
    此時相望不相⑩，願逐月華流照⑩。鴻雁長飛光不度，魚龍潛躍水成⑩。
    昨夜閒潭夢落⑩，可憐春半不還⑩。江水流春去欲盡，江潭落月復西⑩。

略析

- 閱讀理解考試的篇章採用古典詩歌，在香港中學會考中極為罕見。這一年的試題採用仿照閱讀報告的方式呈現，提供較多的提示，有利引導考生作答。

- 第 1 至 4 題要求考生根據主題內容劃分層次，評估考生對詩歌寫景、寄意、抒情的理解。

- 第 5 題考核考生對詩人描寫的景色內容的歸納能力。

- 第 6 題考查考生對詩人寄意內容的歸納能力。

- 第 7 題評估考生對詩人抒發的情懷的歸納能力。

- 第 8 題考查考生閱讀詩歌的遷移能力。

- 第 9 至 11 題，主要評估考生對詩歌意象的理解。

- 第 12、13 題評估考生對詩歌表現手法的了解程度。

- 第 14、15 題考核考生對古典詩歌的基本知識（如對偶、韻腳）。

2009 年

篇章

1　　吾本寒家，世以清白相承。吾性不喜華靡，自為乳兒，長者加以金銀華美之服，輒羞赧棄去之。二十忝科名，聞喜宴獨不戴花。同年曰：「君賜，不可違也。」乃簪一花。平生衣取蔽寒，食取充腹；亦不敢服垢弊以矯俗干名，但順吾性而已。眾人皆以奢靡為榮，吾心獨以儉素為美。人皆嗤吾固陋，**吾不以為病**。應之曰：孔子稱：『與其不遜也，寧固。』又曰『以約失之者，鮮矣！』又曰『**士志於道而恥惡衣惡食者，未足與議也！**』古人以儉為美德，**今人乃以儉相詬病**。嘻，異哉！

[2] 近歲風俗尤為侈靡，**走卒類士服，農夫躡絲屨**。吾記天聖中，先公為群牧判官，**客至未嘗不置酒**，或三行五行，多不過七行。酒酤於市，果止於梨、栗、棗、柿之類；餚止於脯醢菜羹，器用瓷漆。當時士大夫家皆然，**人不相非也**。會數而禮勤，物薄而情厚。近日士大夫家，**酒非內法**，果餚非遠方珍異，**食非多品，器皿非滿案，不敢會賓友**，常數月營聚，然後敢發書，苟或不然，人爭非之，以為鄙吝。故不隨俗靡者蓋鮮矣。嗟乎！風俗頹敝如是，居位者雖不能禁，忍助之乎！

[3] 又聞昔李文靖公為相，治居第於封邱門內，廳事前僅容旋馬，或言其太隘。公笑曰：「居第當傳子孫，此為宰相廳事誠隘，為太祝、奉禮廳事已寬矣。」參政魯公為諫官，真宗遣使急召之，得於酒家，既入，問其所來，以實對。上曰：「卿為清望官，奈何飲於酒肆？」對曰：「臣家貧，客至，無器皿餚果，故就酒家觴之。」上以無隱，益重之。張文節為相，自奉養如為河陽掌書記時，所親或規之，曰：「公今受俸不少，而自奉若此。公雖自信清約，外人頗有公孫布被之譏。公宜少從眾。」公歎曰：「吾今日之俸，雖舉家錦衣玉食，何患不能！顧人之常情，由儉入奢易，由奢入儉難。吾今日之俸，豈能常存？一旦異於今日，家人習奢已久，不能頓儉，必致失所。豈若吾居位去位、身存身亡，常如一日乎？」嗚呼！大賢之深謀遠慮，豈庸人所及哉！

[4] 御孫曰：「**儉，德之共也；侈，惡之大也。**」共，同也；言有德者皆由儉來也。夫儉則寡欲。君子寡欲，則不役於物，可以直道而行；小人寡欲，則能謹身節用，遠罪豐家。故曰：「**儉，德之共也。**」侈則多欲。君子多欲則貪慕富貴，枉道速禍；小人多欲則多求妄用，敗家喪身；是以居官必賄，居鄉必盜。故曰：「**侈，惡之大也。**」

[5] 昔正考父饘粥以餬口，孟僖子知其後必有達人；季文子相三君，妾不衣帛，馬不食粟，君子以為忠；管仲鏤簋朱紘、山梲藻梲，孔子鄙其小器。公叔文子享衛靈公，史鰌知其及禍；及戌，果以富得罪出亡；何曾日食萬錢，至孫以驕溢傾家；石崇以奢靡誇人，卒以此死東市。近世寇萊公豪侈冠一時，然以功業大，人莫之非，子孫習其家風，今多窮困。其餘以儉立名，以侈自敗者多矣！不可遍數，聊舉數人以訓汝。汝非徒身當服行，

　　當以訓汝子孫，使知前輩之風俗云。

（司馬光〈訓儉示康〉）

題目

以下是一篇分析〈訓儉示康〉的文章，當中部分內容須由考生填寫、選擇。
請考生根據指示作答：

（1）在填充部分，填寫正確的答案；

（2）在選擇題中，每題選出正確答案，然後塗滿與答案相應的圓圈；每題限
選答一個。

〈訓儉示康〉一文由作者年輕時的經驗談起，他說自己 1. ＿＿＿＿＿＿＿＿＿＿，
這從獲賜華服而不穿及不簪花兩個例子可以看出。對於別人批評他「固陋」，
作者以「士志於道而恥惡衣惡食者，未足與議也」來回應，這句話的意思是：
志向遠大的人，應該

2.

- A. 討厭衣服飲食等瑣事　　　　　○
- B. 不厭棄粗衣淡食　　　　　　　○
- C. 不與別人討論衣服飲食的好壞　○
- D. 為華衣美食而感到羞恥　　　　○

。

在第 ② 段中，作者對當時的生活習尚加以批評。他認為只有以下一種

做法不算奢華，即 3.

- A. 走卒類士服　　　　　　　　　　　　○
- B. 農夫躡絲履　　　　　　　　　　　　○
- C. 客至未嘗不置酒　　　　　　　　　　○
- D. 食非多品，器皿非滿案，不敢會賓友　○

。

在第 ③ 段，作者舉出幾位朝中大臣的行事，以為借鑑。到了第 ④ 段，作者
借用御孫的說法作一個小結，提到「儉，德之共也」。有讀者認為這個說法
並不恰當，因為守財奴也很慳儉，但卻談不上有德行。不過，這個讀者的論
證是謬誤的，而它的謬誤，與以下的事例同類：

4.
A. 那個外國人是好人，所以所有外國人是好人 ◯
B. 過胖危害健康，所以一點脂肪也不可吃 ◯
C. 我的媽媽沒有兒子，但我是媽媽的兒子 ◯
D. 我的爸爸有鬍子，所以有鬍子的人就是爸爸 ◯

。

另外，古文中常有一詞兩義的情況，本文有以下的例子：（試解釋句子中註有▲號的字詞）

5. （1）吾不以為病
　　　　　▲
_____

（2）今人乃以儉相詬病
　　　　　　　　▲
_____

（3）人不相非
　　　　▲
_____

（4）酒非內法
　　　　▲
_____

綜觀全文，作者舉例很多，主要分為兩大類：

• 關乎節儉的 6.
A. 原因 ◯
B. 好處 ◯
C. 行為 ◯
D. 結果 ◯

，

• 用以說明 7.
A. 奢侈對經濟的不良影響 ◯
B. 奢侈的弊端 ◯
C. 奢侈是不道德的 ◯
D. 由奢入儉難 ◯

。

本文旨在勸人養成節儉的習慣。有人指出從論說文的要求看，本文的說服力並不足夠，而我的看法是：

8. _____

_____

_____

_____

對於節儉，有人認為是道德上的問題，有人認為不是，我認為：（以不多於80 字寫出你的看法和理由，標點符號計算在內。）

9.

參考答案

1. 自幼即不愛奢華／性喜樸素

2. B

3. C

4. D

5. （1）病：錯

（2）病：指責

（3）非：非議

（4）非：不是／並非

6. C

7. B

8. （自由作答，考生可認為說服力不足、說服力足夠，或無關說服力與否，唯須提供理據說明。以下為說服力不足的理據，僅供參考。）

說服力不足，因為：

- 例子有選擇性，未能解釋：數代奢華生活的人。

節儉卻生活潦倒的人。

既不奢華，亦不節儉是否合適的生活模式。

- 文章只能令人戒奢華，未能勸節儉。

9. （自由作答，例如可指出不節儉等同浪費，屬道德問題，應受譴責；或指出文中的節儉僅是生活上的實際考慮，不屬道德問題。）

略析

- 這一年提供的文言篇章，篇幅較以往大幅增加，試題採用仿照閱讀報告的方式呈現，提供較多的提示，有利考生作答。

- 第 1 題考查考生對首段基本資訊的獲取及歸納的能力。

- 第 2 題評估考生對文言句子的理解和分析的能力，重點是對「恥」和「惡」二字的理解。

- 第 3 題考查考生對第 ② 段內容的理解和分析的能力。

- 第 4 題評估考生對議論文論證手法的掌握程度、知識遷移的能力和邏輯分析的能力。

- 第 5 題測試考生對文言實詞的掌握程度。

- 第 6、7 題考查考生對主旨的理解、論據的分析及歸納等能力。

- 第 8 題主要評估考生的分析及批判思維能力，同時測試考生的歸納與文字表達能力。

- 第 9 題考查考生的思辨能力、文字表達能力及論證水準。

2010 年

篇章

　　牛缺者，上地之大儒也，下之邯鄲，遇盜於耦沙之中，盡取其衣裝車，牛步而去。視之，歡然無憂吝之色。盜追而問其故。曰：「**君子不以所以養害其所養。**」盜曰：「嘻！賢矣夫！」既而相謂曰：「以彼之賢，往見趙君，使以我為，必困我。不如殺之。」乃相與追而殺之。燕人聞之，聚族相戒，曰：「遇盜莫如上地之牛缺也！」皆受教。俄而其弟適秦，至關下，果遇盜。憶其兄之戒，因與盜力爭。既而不與，又追而**以卑辭請物**。盜怒曰：「吾活汝宏矣，而追吾不已，跡將著焉。**既為盜矣，仁將焉在？**」遂殺之，又傍害其黨四五人焉。

（節錄自《列子・説符》）

題目

1. 試解釋以下句子中標有▲號的字，把答案寫在橫線上。

　　（1）下之邯鄲，遇盜於耦沙之中。　　　　　　之：＿＿＿＿＿＿＿

　　（2）視之，歡然無憂吝之色。　　　　　　　　吝：＿＿＿＿＿＿＿

　　（3）盜追而問其故。　　　　　　　　　　　　故：＿＿＿＿＿＿＿

（4）燕人聞之，聚族相戒。　　　　　　　　之：＿＿＿＿＿＿＿＿＿＿

（5）俄而其弟適秦，至關下。　　　　　　　俄而：＿＿＿＿＿＿＿＿＿＿

（6）吾活汝宏矣，而追吾不已，跡將著焉。　著：＿＿＿＿＿＿＿＿＿＿

2. 試根據文意，把下列文字語譯為白話文。

（1）以卑辭請物

＿＿＿＿＿＿＿＿＿＿＿＿＿＿＿＿＿＿＿＿＿＿＿＿＿＿＿＿＿＿＿＿＿

（2）吾活汝宏矣

＿＿＿＿＿＿＿＿＿＿＿＿＿＿＿＿＿＿＿＿＿＿＿＿＿＿＿＿＿＿＿＿＿

（3）既為盜矣，仁將焉在？

＿＿＿＿＿＿＿＿＿＿＿＿＿＿＿＿＿＿＿＿＿＿＿＿＿＿＿＿＿＿＿＿＿

3. 牛缺說「君子不以所以養害其所養」。「所以養」和「所養」分別指甚麼？

（1）所以養：＿＿＿＿＿＿＿＿＿＿＿＿＿＿＿＿＿＿

（2）所　養：＿＿＿＿＿＿＿＿＿＿＿＿＿＿＿＿＿＿

4. 群盜為甚麼要殺害牛缺？

A. 防患未然
B. 生性殘暴
C. 討厭賢德之人
D. 牛缺雖交出財物，卻輕視他們。

A　　B　　C　　D
○　　○　　○　　○

5. 燕人弟弟為甚麼招致殺身之禍？

（1）吝嗇財物
（2）不知分寸
（3）墨守成規
（4）心懷不忿

A.（1）（2）

B.（1）（4）

C.（2）（3）

D.（3）（4）

A　　B　　C　　D

◯　　◯　　◯　　◯

6. 本篇和下文的內容和寓意有甚麼相似之處？試分別說明。

> 莊子行於山中，見大木，枝葉盛茂，伐木者止其旁而不取也。問其故，曰：「無所可用。」莊子曰：「此木以不材得終其天年。」夫子出於山，舍於故人之家。故人喜，命豎子殺雁而烹之。豎子請曰：「其一能鳴，其一不能鳴，請奚殺？」主人曰：「殺不能鳴者。」明日，弟子問於莊子曰：「昨日山中之木，以不材得終其天年，今主人之雁，以不材死；先生將何處？」莊子笑曰：「周將處夫材與不材之間。」

（1）內容：_____

_____

_____

_____

（2）寓意：_____

參考答案

1.（1）之：前往／去

（2）吝：吝惜／吝嗇／捨不得

（3）故：緣（原）故／原因／理由／因由

（4）之：這件事／牛缺被盜賊殺害這件事／牛缺遇盜

（5）俄而：不久／一會兒

（6）著：暴露／顯露／讓人知悉

2.（1）低聲下氣求（盜賊）給回財物

（2）我不殺你／留你一命已經很寬宏了

（3）既然已經當了盜賊，還要談仁義嗎？

3. （1）所以養：財物／用以養生的東西／身外物

　　（2）所養：生命／自身

4. A

5. C

6. （1）內容：牛缺和燕人弟弟無論爭或不爭財物同招殺身之禍；山木和雁無論材與不材同招殺身之禍。

　　（2）寓意：處世須靈活變通／不要墨守成規／處世要隨機應變

略析

- 這一年的文言篇章篇幅簡短，試題不再採用仿照閱讀報告的方式呈現，回復常見的試題形式。六條題目主要考查考生對文言字詞、句式等基礎知識的認識，並考查了考生的知識遷移能力。

- 第 1 題評估考生對基本的文言字詞的認識。

- 第 2 題考查考生對常見的文言句式的了解程度。

- 第 3 題考查考生對文言句式及重點字詞的理解。

- 第 4 題評估考生對重點句子的理解及歸納的能力。

- 第 5 題考查考生對層次內容的理解和歸納的能力。

- 第 6 題不僅評估考生的知識遷移能力，還包括：一，對文章主旨的理解和歸納的能力；二，對文章主旨的分析和評價的能力。此題的難點在於，考生先要分析兩篇文章的內容和寓意的相似之處，其次要結合兩篇文章，一同分析和評價。

2011 年

篇章

古文兩則

第一則

　　曾子①耘瓜，誤斬其根。曾晳②怒，建大杖以擊其背，曾子仆地而不知人久之。有頃乃蘇，欣然而起，進於曾晳曰：「嚮也參得罪於大人，大人用力教參，得無疾乎？」退而就房，援琴而歌，欲令曾晳而聞之，知其體康也。孔子聞之而怒，告門弟子曰：「參來，勿內。」曾參自以為無罪，使人請於孔子。子曰：「**汝不聞乎？**昔瞽瞍③有子曰舜，舜之事瞽瞍，欲使之，未嘗不在於側；索而殺之，未嘗可得。小棰則待過，大杖則逃走，故瞽瞍不犯不父之罪，而舜不失烝烝之孝。今參事父，委身以待暴怒，殪④而不避，既身死而陷父於不義，**其不孝孰大焉？**汝非天子之民也，殺天子之民，其罪奚若？」曾參聞之，曰：「參罪大矣！」**遂造孔子而謝過。**

（節錄自《孔子家語‧六本》）

【註釋】

① 曾子：名參，孔子弟子。

② 曾晳：曾參的父親，也是孔子弟子。

③ 瞽瞍：舜的父親，相傳他溺愛舜的弟弟，屢次想殺害舜。

④ 殪：死。

第二則

　　曾子曰：「若夫慈愛、恭敬、安親、揚名，則聞命矣。敢問子從父之令，可謂孝乎？」子曰：「是何言歟！是何言歟！昔者，天子有諍臣七人，雖無道，不失其天下；諸侯有諍臣五人，雖無道，不失其國；大夫有諍臣三人，雖無道，不失其家；士有諍友，則身不離於令名；父有諍子，則身不陷於不

義。故當不義，則子不可以不諍於父，臣不可以不諍於君。故當不義則諍之，從父之令，又焉得為孝乎！」

（節錄自《孝經‧諫諍章》）

題目

1. 試解釋以下句子中標有▲號的字，把答案寫在橫線上。

   （1）有頃乃蘇，欣然而起。（第一則）　　　　　　有頃：＿＿＿＿＿＿

   （2）嚮也參得罪於大人。（第一則）　　　　　　　嚮：＿＿＿＿＿＿

   （3）援琴而歌，欲令曾皙而聞之。（第一則）　　　之：＿＿＿＿＿＿

   （4）「參來，勿內。」（第一則）　　　　　　　　內：＿＿＿＿＿＿

   （5）昔瞽瞍有子曰舜，舜之事瞽瞍。（第一則）　事：＿＿＿＿＿＿

   （6）若夫慈愛、恭敬、安親、揚名，則聞命矣。（第二則）　安：＿＿＿＿＿＿

2. 試根據第一則內容，把下列文字語譯為白話文。

   （1）汝不聞乎？

   ＿＿＿＿＿＿＿＿＿＿＿＿＿＿＿＿＿＿＿＿＿＿＿＿＿＿＿＿＿

   （2）其不孝孰大焉？

   ＿＿＿＿＿＿＿＿＿＿＿＿＿＿＿＿＿＿＿＿＿＿＿＿＿＿＿＿＿

   （3）遂造孔子而謝過。

   ＿＿＿＿＿＿＿＿＿＿＿＿＿＿＿＿＿＿＿＿＿＿＿＿＿＿＿＿＿

3. 根據第一則內容判斷下列陳述，選出正確答案；限選答案一個。

	正確	錯誤	無從判斷
曾參在得罪父親後還彈琴高歌，孔子因此生氣。	○	○	○

4. 試從第一則摘錄一個句子，從中可推論孔子雖然未有當面指責曾參，卻不滿曾參的行為。

_____

5. 根據第二則內容判斷下列陳述，選出正確答案；限選答案一個。

	正確	錯誤	無從判斷
（1）孔子認為敬愛父母是孝行。	○	○	○
（2）孔子認為子女建立名聲而榮耀父母也是孝行。	○	○	○

6. 兩則古文分別用了甚麼說理手法？

A. 第一則舉事例說理；第二則以類比說理。
B. 第一則以類比說理；第二則舉事例說理。
C. 第一則舉事例說理；第二則以正反立論說理。
D. 第一則以正反立論說理；第二則舉事例說理。

A	B	C	D
○	○	○	○

7. 綜合 2011 年白話篇章及文言篇章的第一則的內容，指出孔子和魯迅對孝行的一個共通看法。

_____

參考答案

1. （1）有頃：不久／一會兒／過了一會
   （2）嚮：剛才／先前
   （3）之：歌聲及琴聲／曾參彈琴和歌唱的聲音／弦歌聲／音樂聲／音樂
   （4）內：接見／讓他進來／接納

（5）事：侍奉／事奉／服侍／服事

（6）安：安養／養／照顧／侍奉／事奉／服侍／服事

2. （1）你沒有聽過嗎？

（2）還有甚麼比這更為不孝呢？／不孝還有比這更甚／大的嗎？

（3）於是到孔子家請罪。／於是登門向孔子認錯。／便造訪孔子並認錯。

3.

正確	錯誤	無從判斷
○	●	○

4. 孔子聞之而怒，告門弟子曰：「參來，勿內。」／告門弟子曰：「參來，勿內。」／「參來，勿內。」／曾參聞之，曰：「參罪大矣。」遂造孔子而謝過。／曾參自以為無罪，使人請於孔子。

5.

	正確	錯誤	無從判斷
（1）	●	○	○
（2）	●	○	○

6. A

7. （自由作答，例如不合義理的行為說不上是孝行，或不應愚孝。）

略析

- 這一年提供兩則內容相關的短文，試題呈現方式延續去年，共設七條題目，主要評估考生對文言字詞、句式的認識，以及對文章主旨和寫作方法等的分析能力。最後一題，首次要求考生將文白篇章的主旨綜合分析。

- 第 1 題考查考生對文言基本字詞的辨析能力。

- 第 2 題評估考生對文言基本句式的掌握程度。

- 第 3 題評估考生對第一則短文的主旨的理解。

- 第4題測試考生對重點句子的判斷能力，要求考生摘錄原文，是精讀的要求。

- 第5題考查考生對文章重點觀點的理解。

- 第6題評估考生對議論文基本知識的掌握程度。

- 第7題，綜合提供的文言及白話篇章，評估考生對文章主旨的分析及歸納的能力。

2012 年

篇章

　　今有不才之子，父母怒之弗為改，鄉人譙之弗為動，師長教之弗為變。夫以父母之愛，鄉人之行，師長之智，**三美加焉而終不動其脛毛**，不改；州部之吏**操**官兵、推公法，而求索姦人，然後恐懼，變其節，易其行矣。故父母之愛不足以教子，必待州部之嚴刑者，民**固**驕於愛、**聽**於威矣。故十仞之城，樓季①弗能踰者，峭也；千仞之山，跛牂②易牧者，**夷**也。故明王峭其法而嚴其刑也。布帛尋常③，**庸人**不釋；鑠金百鎰④，盜跖⑤不**掇**。不必害，則不釋尋常；必害手，則不掇百溢，故明主必其誅也。是以賞莫如厚而信，使民利之；罰莫如重而必，使民畏之；法莫如一而固，使民知之。故主施賞不遷，行誅無赦，譽輔其賞，毀隨其罰，則賢不肖俱盡其力矣。

（節錄自《韓非子·五蠹》）

【註釋】

① 樓季：魏文侯弟，善於攀躍。

② 跛牂：跛足的母羊。

③ 尋常：尋、常，古代長度單位，八尺為一尋，兩尋為一常。

④ 鑠金百鎰：鑠金，熔化的黃金。鎰，古代重量單位，二十四兩為一鎰。

⑤ 盜跖：春秋時的大盜。

題目

1. 試解釋以下文句中標有▲號的字，並把答案寫在橫線上。

（1）州部之吏操官兵、推公法。　　　　　　操：＿＿＿＿＿＿
　　　　　　▲

（2）民固驕於愛、聽於威矣。　　　　　　　固：＿＿＿＿＿＿
　　　　　▲

（3）民固驕於愛、聽於威矣。　　　　　　　聽：＿＿＿＿＿＿
　　　　　　　　　▲

（4）跛牂易牧者，夷也。　　　　　　　　　夷：＿＿＿＿＿＿
　　　　　　　　　▲

（5）布帛尋常，庸人不釋。　　　　　　　庸人：＿＿＿＿＿＿
　　　　　　　　▲▲

（6）鑠金百鎰，盜跖不掇。　　　　　　　　掇：＿＿＿＿＿＿
　　　　　　　　　　　▲

2. 試根據文意，把以下文句譯為白話文。

三美加焉而終不動其脛毛。

＿＿＿＿＿＿＿＿＿＿＿＿＿＿＿＿＿＿＿＿＿＿＿＿＿＿＿＿＿＿＿＿

3. 作者以十仞之城和千仞之山為喻，說明甚麼道理？

A. 立法必須峻而厲

B. 信賞必罰，沒有例外。

C. 刑法條文必須統一而固定

D. 判刑必須按罪行大小而衡量輕重

	A	B	C	D
	○	○	○	○

4. 作者以布帛尋常和鑠金百鎰為喻，說明甚麼道理？

A. 立法必須峻而厲

B. 信賞必罰，沒有例外。

C. 刑法條文必須統一而固定

D. 判刑必須按罪行大小而衡量輕重

	A	B	C	D
	○	○	○	○

5. 綜合全文，作者認為怎樣才可以令賢不肖俱盡其力？

(1) 立法必須峻而厲

(2) 信賞必罰，沒有例外。

(3) 刑法條文必須統一而固定

(4) 判刑必須按罪行大小而衡量輕重

A.（1）（2）

B.（3）（4）

C.（1）（2）（3）

D.（1）（2）（3）（4）

<table>
<tr><td>A</td><td>B</td><td>C</td><td>D</td></tr>
<tr><td>○</td><td>○</td><td>○</td><td>○</td></tr>
</table>

6. 作者以樓季比喻哪一類人？

A. 諸侯的親屬

B. 善於攀躍的人

C. 負責執法的地方官吏

D. 常常挑戰法紀的百姓

<table>
<tr><td>A</td><td>B</td><td>C</td><td>D</td></tr>
<tr><td>○</td><td>○</td><td>○</td><td>○</td></tr>
</table>

7. 作者以跛牂比喻哪一類人？

跛牂：_____

8. 作者在文中以布帛和甚麼構成對比？試說明兩者如何構成對比關係。

(1) 以布帛對比：_____

(2) 說明：_____

9. 細閱以下資料，然後回答問題：

魯有父子訟者，康子曰：「殺之！」孔子曰：「未可殺也。夫民不知子父訟之不善者久矣，是則上過也；上有道，是人亡矣。」康子曰：「夫治民以孝為本，今殺一人以戮不孝，不亦可乎？」孔子曰：「不教而誅之，是虐殺不辜也……上陳之教而先服之，則百姓從風矣，躬行不從而后俟之以刑，則民知罪矣。」

（1）孔子為甚麼反對把跟父親訴訟的兒子處死？

A. 兒子罪不致死，為了提倡孝道而殺一儆
百，這樣做並不公平。

B. 兒子跟父親訴訟，不一定是兒子不孝，
把兒子治罪並不合理。

C. 只要在上位的君主以身作則，教導百姓
行孝，根本不需要刑法。

D. 在上位的君主沒有以身作則教導百姓，
便把百姓治罪，並不合理。

A	B	C	D
○	○	○	○

（2）孔子對使用刑法有甚麼看法？

_____

（3）從篇章可見韓非子對教育有甚麼看法？

_____

（4）承上第（2）與第（3）問，就學校教育學生而言，孔子和韓非子的看
法何者較為理想？試略加說明。

_____

_____

_____

_____

參考答案

1. （1）操：差使／命令／帶領
   （2）固：本來／固然／一向
   （3）聽：服從／聽命／聽從／震懾／屈服
   （4）夷：平坦／平／平地
   （5）庸人：普通人／一般人／常人
   （6）掇：拿／取／拾起／撿起

2. 三種美意施加於他身上，但最終也不能動他腿上的一根毛。／三種美德加於他身上，但最終他腿上一根毛都仍不為所動。

3. A

4. B

5. C

6. D

7. 平日循規蹈矩的人／奉公守法的人／安守法紀的平民／沒有膽量挑戰法紀的人

8. （1）鑠金／鑠金百鎰／熔化了的黃金
　　（2）拿起布帛不會傷手，鑠金卻會，以拿取兩者的後果構成對比。／布帛便宜，鑠金昂貴，以兩者價值的高低作對比。／布帛便宜，鑠金昂貴，以兩者在偷竊的嚴重程度作對比。

9. （1）D
　　（2）（自由作答，例如認為刑法只是用以輔助教化，或指出教化才能治本，使用刑法只能治標。）
　　（3）（自由作答，例如人皆好利惡害，教育不足以令人守法。）
　　（4）（自由作答，考生須對學校教育、方法或效果有深刻的反省，例如認為教育的本義在於令學生明辨是非善惡。此外，考生所陳述的個人立場須清晰，例如可認為孔子的看法比韓非子好，或韓非子的看法比孔子好，或認為二人的看法難分高下，或對二人都不認同。論說須簡明扼要。）

略析

- 這一年提供一篇篇章，篇幅簡短，但文本引用典故較多，閱讀難度較前兩年大。題目數量也大為增加，共設九題，考查考生對文言字詞、句式，重點句子、重點內容的理解，以及對寫作手法的歸納與評價等能力。

- 第 1 題考查考生對文言字詞的掌握。

- 第 2 題考查考生對文言句式的掌握，難點在於對「三美」的歸納、對「脛毛」的理解，以及對其喻意的認識。

- 第 3、4 題測試學生對重點句子的理解。

- 第 5 題評估重點在內容的理解。

- 第 6 至 8 題測試考生對文言寫作手法的掌握，難點在第 8 題的分題 (2)，題目指出對比的手法，實質在對比之外，作者在說理中還運用了比喻。

- 第 9 題提供的引文，可視為另外的考試篇章。分題 (1) 評估考生對重點句子的理解；分題 (2) 考查考生對全文主旨的理解；分題 (3) 考查考生對《韓非子・五蠹》選段主旨的理解。分題 (3) 綜合評估考生對試題提供的資料，以及對《韓非子・五蠹》選段的主旨的評價，這要求考生對學校教育問題有所思考，高分者須體現較強的分析力，富個人見解，以及有較強的文字表達能力。

2013 年

篇章

1　　齊有北郭騷者，踵門見晏子 ① 曰：「願乞所以養母。」僕謂晏子曰：「此齊國之賢者也，其義不臣乎天子，不友乎諸侯，**於利不苟取**，於害不苟免。今乞所以養母，是**說**夫子之義也。」晏子使人分倉粟府金而**遺之**，辭金而受粟。

2　　有間，**晏子見疑於齊君**，出奔，過北郭騷之門而辭。北郭騷沐浴而出見晏子曰：「夫子將焉適？」晏子曰：「見疑於齊君，將出奔。」北郭子曰：「夫子勉之矣。」晏子上車，太息而歎曰：「**嬰之亡豈不宜哉？亦不知士甚矣。**」

3　　晏子行。北郭子召其友而告之曰：「吾聞之曰：『養及親者，身伉 ② 其難。』今晏子見疑，吾將以身死白之。」着衣冠，令其友操劍奉笥 ③ 而

從，**造**於君庭，求復者曰：「晏子，天下之賢者也，**去**則齊國必侵矣。必見國之侵也，不若先死。請以頭託白晏子也。」因謂其友曰：「盛吾頭於笥中，奉以託。」退而自刎也。

④　齊君聞**之**，大駭，乘馹而自追晏子，及之國郊，請而反之。晏子不得已而反，聞北郭騷之以死白己也，曰：「**嬰之亡豈不宜哉？亦愈不知士甚矣。**」

（節錄自《呂氏春秋・士節》）

【註釋】
① 晏子：即晏嬰，春秋時期齊國政治家。
② 伉：通「抗」，抵擋。
③ 笥：竹製的盛器。

題目

1. 試解釋以下文句中的粗體字，並把答案寫在橫線上。

（1）是**說**夫子之義也。　　　　　　　　　説：＿＿＿＿＿＿

（2）晏子使人分倉粟府金而**遺**之。　　　　遺：＿＿＿＿＿＿

（3）令其友操劍奉笥而從，**造**於君庭。　　造：＿＿＿＿＿＿

（4）**去**則齊國必侵矣。　　　　　　　　　去：＿＿＿＿＿＿

（5）齊君聞**之**，大駭。　　　　　　　　　之：＿＿＿＿＿＿

2. 試根據文意，把以下文句譯為白話文。

（1）晏子見疑於齊君。

＿＿＿＿＿＿＿＿＿＿＿＿＿＿＿＿＿＿＿＿＿＿＿＿＿＿＿＿

(2) 夫子將焉適?

_____

3. 試從文中舉一個事例説明北郭騷「於利不苟取」。

_____

_____

4. 晏子和北郭騷道別後説:「嬰之亡豈不宜哉?亦不知士甚矣。」以下哪項
   最能描述他當時的心情?

   A. 十分徬徨   A B C D

   B. 十分失望   ○ ○ ○ ○

   C. 十分自責

   D. 十分無奈

5. 晏子從邊境回來後説:「嬰之亡豈不宜哉?亦愈不知士甚矣。」以下哪項
   最能描述他當時的心情?

   A. 十分徬徨   A B C D

   B. 十分失望   ○ ○ ○ ○

   C. 十分自責

   D. 十分無奈

6. 承上兩題,晏子為甚麼會有這兩種心情?試分別説明。

   (1) 道別後:_____

   _____

   (2) 回來後:_____

   _____

7. 細閱以下資料,然後回答問題。

   甲、戰國初,嚴仲子與韓相俠累有隙,仲子尋勇士刺俠累以報讎,聞聶
   政重信義,勇武過人,因殺人避禍,攜母隱於齊。遂赴齊拜訪,並

備黃金百鎰為禮。政辭不受，暗許仲子為知己，惟老母在堂，故未敢以身報效。後，母辭世，始赴仲子處問其原委，遂孤身赴韓，刺俠累於相府。事成，自屠出腸而死。

乙、儒家重「義」，簡言之，「義」即指超越個人的利害得失，以正當的方式去實踐仁心。

北郭騷和聶政均為他人捨棄生命，兩人的行事何者較合乎儒家的「義」？試比較說明。

_____

_____

_____

_____

略析

- 這一年的文言文閱讀理解部分提供一篇篇章，閱讀量較前兩年略增，共設七條題目，考查了考生對文言字詞、句式的掌握，對重點句子、重點內容的理解，比較閱讀和分析等能力。

- 第 1 題考查考生對文言字詞的掌握。

- 第 2 題考查考生對文言句式的掌握。

- 第 3 題評估考生對重點句子的理解。

- 第 4 至 6 題測試考生對重點句子的理解和分析的能力。第 4 題的難點在於需要區分失望與無奈；第 5 題的難點在於要讀懂前後文；第 6 題的難點在於要在讀懂重點內容的基礎上，分析要到位，表達要準確。

- 第 7 題提供答題提示，主要評估考生對文章主旨的理解，以及對主旨的分析，考生需要有較強的分析能力和文字表達能力。

（以上試題與參考答案，均來自香港考試及評核局各年的《考試報告及試題專輯》。）

練習參考答案

練習一（p.34）

（一）D

（二）1. <u>五個層次</u>

    2. 第 ⬜1 段屬於第<u>一</u>層次。
        第 ⬜2 段屬於第<u>一</u>層次。
        第 ⬜3 段屬於第<u>二</u>層次。
        第 ⬜4 段屬於第<u>二</u>層次。
        第 ⬜5 段屬於第<u>二</u>層次。

練習二（p.48）

D

練習三（p.65）

（一）文昌雞　加積鴨　東山羊

（二）文昌雞：皮脆、骨軟、肉嫩、味美、肥而不膩。
    加積鴨：體大骨軟、肉脆肥厚、皮肉之間夾一層特別香美的脂肪。
    東山羊：皮薄脯厚、肉嫩湯白、沒有膻味。

（三）1. 科學配料：以<u>椰絲、玉米、花生麥、黃豆、骨粉、番薯、米糖、魚類等混和拌勻的飼料。</u>
      2. 獨特的飼養方式：<u>當地雞長到一定的程度後就一直圈養三到四個月，填餵以椰絲、玉米、花生麥、黃豆、骨粉、番薯、米糖、魚類等混和拌勻的飼料。</u>

練習四 (p.81)

(一)
	正確	錯誤	無從判斷
1.	○	●	○
2.	○	○	●
3.	●	○	○

(二) 第一方面：人的智慧與大自然的創造力相比是笨拙的。
第二方面：人的智慧有局限性，大自然「加工」後難以使其恢復原貌。

(三) 文章中「加工」二字有引號，表示文中的「加工」有特別的含義，即特指過分的、不恰當的加工，而不是指一般的加工；同時，這個「加工」也是一種比喻的說法。

練習五 (p.96)

(一) 因為小羚羊躍過懸崖，使牠們的腹肌有了不同程度的拉傷，腹肌恢復後，牠們奔跑的步幅加大，差不多可以達到四米。

(二) 1. 比喻

2. （自由作答，贊成或不贊成均可，重點是要用自己經歷的事例說明贊成的依據是甚麼，不贊成的依據是甚麼。言之成理，自圓其說即可。）

中學中文科增值系列　陳耀南主編

責任編輯	蔡嘉蘋　張艷玲
版式設計	Andrew Wong
封面設計	陳嬋君

書　　名	閱讀理解（增訂版）
編　　著	盧羨文
出　　版	三聯書店（香港）有限公司 香港北角英皇道 499 號北角工業大廈 20 樓 Joint Publishing (H.K.) Co., Ltd. 20/F., North Point Industrial Building, 499 King's Road, North Point, Hong Kong
香港發行	香港聯合書刊物流有限公司 香港新界大埔汀麗路 36 號 3 字樓
印　　刷	美雅印刷製本有限公司 香港九龍觀塘榮業街 6 號 4 樓 A 室
版　　次	2013 年 7 月香港第一版第一次印刷 2019 年 8 月香港第一版第三次印刷
規　　格	大 32 開（140 × 196 mm）240 面
國際書號	ISBN 978-962-04-3408-2 © 2013 Joint Publishing (H.K.) Co., Ltd. Published & Printed in Hong Kong